Na fronteira do desejo

Título original: *Na Fronteira do Desejo*
Copyright © Editora Lafonte Ltda., 2020

Todos os direitos reservados.
Nenhuma parte deste livro pode ser reproduzida sob quaisquer
meios existentes sem autorização por escrito dos editores.

Direção Editorial *Ethel Santaella*
Revisão *Rita del Monaco*
Diagramação *Demetrios Cardozo*
Imagem de capa *Shutterstock*

Dados Internacionais de Catalogação na Publicação (CIP)
(Câmara Brasileira do Livro, SP, Brasil)

```
Hampshire, Alba
   Na fronteira do desejo / Alba Hampshire. --
1. ed. -- São Paulo : Lafonte, 2020.

   ISBN 978-65-5870-029-6

   1. Ficção brasileira I. Título.

20-47232                                    CDD-B869.3
```

Índices para catálogo sistemático:

1. Ficção : Literatura brasileira   B869.3

Maria Alice Ferreira - Bibliotecária - CRB-8/7964

Editora Lafonte

Av. Prof.ª Ida Kolb, 551, Casa Verde, CEP 02518-000, São Paulo-SP, Brasil
Tel.: (+55) 11 3855-2100, CEP 02518-000, São Paulo-SP, Brasil
Atendimento ao leitor (+55) 11 3855- 2216 / 11 – 3855 - 2213 – *atendimento@editoralafonte.com.br*
Venda de livros avulsos (+55) 11 3855- 2216 – *vendas@editoralafonte.com.br*
Venda de livros no atacado (+55) 11 3855-2275 – *atacado@escala.com.br*

Na fronteira do desejo

ALBA HAMPSHIRE

2020 - Brasil

Lafonte

CAPÍTULO 1

O outono em Londres era sua estação do ano preferida. Luiza admirava o céu azul, cristalino, em contraste com as folhas das árvores em tons de verde, vermelho terra, marrom-claro e amarelo opaco, que ladeavam avenidas e parques. Eram cinco e meia da tarde e os últimos raios alaranjados de luz iluminavam a cidade em um estranho equilíbrio: o sol esquentava pouco e o frio não chegava a incomodar.

O primeiro banco do segundo andar do ônibus vermelho, com janelões frontais imensos e visão ampla das ruas, era outro item na sua lista de favoritos. Luiza fazia aquele trajeto todos os dias, indo e voltando do trabalho no horário de pico, e tivera a sorte de conseguir o assento da frente quando um casal de turistas se levantou.

Observou o movimento intenso na Trafalgar Square, ponto tradicional de eventos culturais e protestos, tomada por jovens debatendo questões políticas e turistas tirando *selfies* ou se aboletando nos imensos leões de bronze. Depois, o ônibus seguiu pela avenida que levava ao Palácio de Buckingham.

Quando margeou o Hyde Park, o colorido das árvores ficou ainda mais proeminente. Em seguida, o ônibus atravessou a rua que abrigava lojas de grifes caríssimas até contornar a Sloane Square. Mais uma vez, Luiza se perguntou se o motorista conseguiria fazer a curva. Ainda hoje, tinha dúvidas se o veículo enorme passaria na esquina apertada, e sempre se surpreendia ao ver o poste ou a calçada escaparem ilesos.

Assim que entraram na King's Road, Luiza desceu as escadas com cuidado, se segurando com firmeza no corrimão. Apesar de trafegarem lentamente, suspeitava que alguns motoristas tinham um leve apego por freadas bruscas. Aguardou a chegada ao ponto junto à porta. Luiza conhecia bem o bairro, pois morava em Chelsea, porém, em circunstâncias radicalmente diferentes das do jovem ator que iria encontrar.

Ana Maria, a amiga brasileira que a indicara para esse freela, lhe dera mais informações sobre ele do que o mecanismo de busca da internet: James Drummond era um talento promissor ainda pouco conhecido do grande público, prestes a estourar. Mais charmoso do que propriamente bonito; jovem, vinte e seis anos, com muita experiência internacional em circuitos de filmes e peças independentes; filho de uma escocesa com um brasileiro, que morou no Rio de Janeiro na infância; rico, nascido e criado em berço de ouro. As fotos na internet o mostravam de formas variadas: sofisticado, desleixado, sexy.

Assim como as pessoas tinham uma imagem preconcebida da chuva perpétua de Londres, Luiza fizera sua própria ideia preconcebida de James Drummond: cortês, porém distante e frio; bem educado e culto, mas arrogante; aparentemente aberto, mas intensamente resguardado. Na verdade, este era um estereótipo bobo que a protegia de falsas expectativas.

Ler o roteiro do filme com James, para que ele não só memorizasse os diálogos, mas aperfeiçoasse a gramática e o sotaque brasileiro, era só mais um trabalho do qual não podia abrir mão. Precisava do dinheiro, e ele pagaria a hora trabalhada acima da média. Além disso, era uma chance de expandir seus contatos para outros freelas.

No fundo, porém, seu rigoroso pragmatismo era incapaz de sufocar uma minúscula brasa de esperança. Talvez aquela experiência pudesse aproximá-la mais de seu verdadeiro sonho: se tornar uma escritora profissional.

Todos os seus esforços na vida a haviam levado até ali. Viera para Londres a trabalho, há quatro anos, como uma assistente-faz-tudo de um casal de executivos brasileiros. Conseguira fazer cursos de escrita criativa e aperfeiçoar seu inglês, porém, a realidade de morar naquela cidade exorbitante tinha um preço alto e Luiza não sabia se conseguiria se manter tempo suficiente para fazer algum progresso real na sua literatura.

Ralava como louca, trabalhando como recepcionista em uma agência literária e fazendo inúmeros freelas. Parte do seu modesto salário era enviado ao Brasil, para ajudar a mãe e o irmão mais novo.

Embora os ex-patrões generosamente permitissem que morasse no apartamentinho adjunto à casa, mesmo depois que optara por trabalhar na agência literária, sobrava pouco para investir em uma formação mais sólida. Em breve, não teria nem isso. Para completar, seu visto de permanência iria expirar em menos de seis meses.

Às vezes, ela se perguntava por que alimentava esse sonho insano. O trabalho como recepcionista lhe proporcionara um duro choque de realidade: agentes literários recebiam diariamente pilhas de manuscritos de escritores aspirantes. Poucas vezes se interessavam por algum e investiam a maior parte de seu tempo promovendo e apoiando sua extensa cartela de autores. Todos os dias, ela abria os manuscritos que chegavam (fazia parte do trabalho) e dava uma olhada rápida nos primeiros parágrafos do material não solicitado (não fazia parte do trabalho, mas era irresistível). Alguns eram bons, outros ótimos, mas a busca incessante dos agentes era por algo "único, sensacional".

Luiza tinha consciência de que sua escrita não era única nem sensacional. Aliás, não se sentia excepcional em nada, mas era uma batalhadora incansável. Essa determinação a levara a agarrar com unhas e dentes a oportunidade de trabalhar e viver no exterior, e isso já era uma realização. Mas talvez não tivesse como se concretizar o sonho de ser escritora. As poucas chances que tivera de se apresentar como tal não haviam despertado interesse. Era pouco provável que tivesse talento. Mas não conseguia desistir.

Luiza caminhou pela King's Road até o pub na esquina da rua onde James morava e entrou na via residencial, pouco movimentada e estreita. As casas de dois ou três andares, coladas umas às outras, divergiam do estilo vitoriano tão comum na capital. Parou em frente a uma delas para conferir o número e tirou o papelzinho do bolso do casaco comprido de náilon bege.

A porta azul-escura era ornamentada com uma argola dourada na boca de um leão, remanescente das antigas campainhas. A janela frontal chegava quase ao nível do solo, resguardada por cortinas claras e um arbusto verde ainda não contaminado pelo outono.

Luiza atravessou o jardim, mas não tocou a campainha moderna na parede ao lado da porta. Checou o relógio: estava dez minutos adiantada, pois tinha saído correndo do trabalho, com medo de perder o ônibus. Para alguns britânicos, chegar cedo era tão ou mais inconveniente do que chegar atrasado. Aguardou ali mesmo e sacou o celular, para verificar as mensagens. Mas a porta se abriu antes que ela tivesse chance de abrir o aplicativo.

– Oi! Luiza? Por que você não *toca*? Entra – James convidou, em português, sorrindo.

Luiza levou um ou dois segundos para reagir.

– Oi – respondeu, desconcertada. – Obrigada. Desculpe, eu cheguei cedo. Fiquei com medo de me atrasar e acabei...

Ele estendeu a mão muito branca para ela:

– James. James Drummond. – E riu, as faces subitamente manchadas de vermelho. – Eu *sabe*... James, James *Bond*. – Ele passou a mão no cabelo, irritado consigo mesmo pela piada velha. – Que idiota. *Sorry*.

Luiza sorriu, surpresa com a informalidade, a falta de jeito dele, e apertou sua mão. Reparou nos ombros fortes delineados, brancos como leite, expostos sob a camiseta branca, e no intenso contraste que sua pele fazia com o cabelo preto, despenteado, e os olhos azuis-escuros. Os lábios, vermelhos como se ele tivesse acabado de morder um morango, se abriram em um sorriso simpático. Ele fez um gesto para ela entrar, descalço, a calça de moletom larga, cinza.

– Eu tava *faz* café. O que você quer? Chá, café, água, suco?

Luiza entrou e tirou o casaco, que James pegou de sua mão e pendurou no corrimão da escada estreita, em frente à porta, que levava ao segundo pavimento.

A sala estava quente o suficiente para Luiza estranhar, já que os britânicos em geral não mantinham a calefação ligada o dia inteiro. O lado racional dela, que calculava cada centavo de libra gasta, se perguntou como ele conseguia pagar a conta de luz.

– Café, por favor – Luiza falou, afastando o questionamento irrelevante e reparando no caos à volta dela. A sala estava uma bagunça.

James se encaminhou para a cozinha aberta, também desarrumada.

– Expresso, *cappuccino*, carioca? – ele indagou, tirando duas canecas grandes do armário sobre a pia e colocando na bancada. – Não é do Brasil, mas é de verdade.

Luiza ficou parada ao lado do sofá, que, assim como as demais superfícies, estava coberto de livros, roteiros, jornais, papéis, canetas, canecas usadas e pacotes de correio fechados.

– Qualquer um está bom – disse, sorrindo.

– Qualquer um não *temm* – James replicou, com humor. – Qual você prefere? *Temm* até Nescafé.

– Nescafé está ótimo, com um pouco de leite, por favor, se você tiver. Se não tiver, puro mesmo.

James franziu a testa e a olhou de lado, com ar de censura.

– *Nescafé? Are you sure?* – indagou, como se a demanda fosse absurda.

Luiza riu, acostumada à reação.

– Sim, tenho certeza. Adoro – retrucou, relaxando diante da informalidade dele.

– Nescafé com leite *for the lady, then* – ele disse, tirando o vidro de café de outro armário, enquanto o braço alcançava a porta da geladeira.

Luiza captou o *"for the lady"*.

James tinha vinte e seis anos; ela, trinta e oito. Para ele, ela era uma *senhora*. Não que isso tivesse qualquer importância, mas Luiza passou inconscientemente a mão no cabelo castanho-escuro comprido, preso dos lados por estar sem corte, que lhe dava uma aparência pesada. A roupa, uma camisa branca sob o terninho bege, que costumava usar no trabalho, era um visual conservador que adotara por ser clássico e prático.

Luiza tinha coisas mais importantes com o que se preocupar do que a aparência. O bronzeado desaparecera nos quatro anos longe da praia, mas a pele morena tinha uma textura suave e uma uniformidade que não demandava esforços de manutenção. Ela retocara a maquiagem leve dentro do ônibus e reaplicara o corretivo para disfarçar as olheiras sob os olhos castanhos, mas o delineador esmaecera. Passara um brilho rápido nos lábios rosados e cheios, mais para evitar o ressecamento do que para colorir.

Enquanto ela fazia o inventário mental de sua imagem e repetia para si própria que isso não tinha a menor importância, James continuou falando e preparando o café:

— Por favor, não repara a bagunça. Eu *acaba* de chegar de Lisboa e, *well*, já tava assim antes. Eu *foi* pra Itália e não deu tempo de *arruma*... *Nah*, eu sou bagunceiro, mas o banheiro tá limpo e fica no fim do corredor, do lado da escada.

James colocou o leite para esquentar no micro-ondas, depois encheu a chaleira elétrica e ligou.

— *Sorry. Hummm*... Senta – gesticulou, em direção ao sofá, e correu para abrir espaço, deslocando os papéis do assento e os reempilhando sobre a mesa de centro. Em seguida, retornou para a cozinha e começou a procurar o açúcar entre os potes espalhados pela bancada.

Luiza se sentou, retraída, no canto do sofá. A energia expansiva dele, que se movia pela casa como se estivesse atrasado para um compromisso urgente, era atordoante.

— A Ana diz que você é escritora – ele disse.

Por um momento, Luiza ficou sem saber o que responder. Ela não se considerava "escritora". Embora escrevesse desde criança e tivesse terminado dois livros, nunca publicara nenhum e não se considerava digna do título.

— Eu escrevo, mas, na verdade, trabalho em uma agência literária – ela esclareceu.

James lhe entregou a caneca de café com leite e colocou o pote de açúcar na borda da mesa de centro. Depois, buscou a caneca de café preto que conseguira produzir em alguns minutos e se sentou na poltrona ao lado. Como ela não prosseguiu, ele levou a caneca fumegante aos lábios vermelhos, os olhos azuis inquisitivos e interessados, e concluiu:

— Então, você é escritora.

Mais uma vez, Luiza hesitou.

— Mais ou menos. Eu nunca publiquei nada.

Ele deu de ombros, os olhos fixos nela.

— *I see*... Quer dizer, escrever é um *hobby*.

– Não, não é um *hobby*, eu escrevo mesmo. Mas não me considero uma escritora propriamente dita.
– Por quê? Se você escreve *mesmo*, é escritora. Ter *publica* ou não *is beside the point*.

Luiza ficou ainda mais desconcertada. Ter publicado não era "outra questão", era totalmente "*the point*", *a questão*. Mas não estava habituada a ser interrogada a respeito de sua escrita, já que ela própria tinha milhares de dúvidas sobre isso e preferia não discuti-las com um estranho.

Fez um esforço para retornar ao ponto que a trouxera ali. Recobrou o foco e falou:
– Bem, eu escrevo e leio muito. E adoro ler roteiros. Fiz até alguns cursos, então, estou acostumada com a linguagem. A Ana deve ter te falado isso.

Ele sorriu, fazendo "sim" com a cabeça.
– *She did. Ops*. Deixa eu *pega* o roteiro lá no quarto. Eu *estuda* hoje de manhã...

James largou sua caneca em cima de uma das pilhas de papel e se levantou, com seu jeito de se mover rápido e ágil como um felino, contornando os móveis e se dirigindo à escada. Ele subiu os degraus dois a dois e Luiza pôde ouvir seus passos no andar de cima.

Só então Luiza teve tempo de ver a casa. O ambiente claro era iluminado pelo janelão de vidro que deixava entrar um resto de luz do dia e por uma porta dupla de vidro, no fim da cozinha. Sala e cozinha se integravam não só pela falta de paredes como pela ilha retangular, com tampo de mármore, em frente à pia e ao fogão, com dois bancos altos em um dos lados.

A sala de estar tinha um sofá de quatro lugares, onde Luiza estava sentada, a poltrona onde James havia se sentado e uma mesa de centro de vidro. A estante repleta de livros, embutida na parede, tinha uma televisão gigantesca no meio.

Nada ali indicava "berço de ouro". Mas a impressão era enganosa. Havia qualidade em tudo, desde o tecido da almofada aos utilitários da cozinha e os objetos decorativos. Era a mesma mistura de sofisticação com despojamento da casa de seus ex-patrões.

Porém, o que não permitia Luiza se esquecer do "rico" era a localização da casa em si. Chelsea era um dos endereços mais caros do mundo. Aquela casa, ainda que relativamente pequena, valia milhões de libras. Mesmo que ele não fosse o dono, o aluguel devia ser astronômico.

Luiza riu para si própria: pessoas como James Drummond viviam em uma dimensão paralela, muito distante da sua e do resto dos mortais. E ela duvidava que a renda dele viesse do trabalho como ator. O mais provável é que fosse o que os ingleses chamavam de "*old money*", herança de famílias abastadas há várias gerações.

James desceu as escadas pulando os degraus atapetados, seu peso fazendo o chão vibrar. Trazia dois roteiros nas mãos e lhe estendeu um, depois se jogou de novo na poltrona com sua cópia.

– A Ana te falou do trabalho, *right*? Duas horas, três vezes por semana e, se *precisa*, mais pra frente, todo dia. Às vezes, eles mudam o roteiro e a gente tem de reler. A hora de trabalho começa quando você chega e termina quando *faz* duas horas. Se *passa*, eu pago a hora a mais. Você está bem com isso e com o valor da hora?

Luiza assentiu, novamente pega de surpresa pela abordagem direta e o súbito tom profissional.

– Sim, ela explicou. E sim, estou bem com o valor.

James se inclinou para frente, os olhos nas páginas do roteiro, e sorriu.

– *Great. Right* – ele murmurou. – Excelente.

Em seguida, ele largou o texto, se levantou num pulo e começou a andar de um lado para o outro, em frente à estante, sacudindo os ombros, alongando o pescoço e soltando os braços, como se estivesse se preparando para o primeiro *round* de uma luta de boxe.

Luiza piscou, baixando os olhos para o roteiro que via pela primeira vez, intimidada, e, antes que tivesse acabado de ler a ação da cena, ele disse, agressivamente:

– Você não *temm* direito de me *pede* isso!

Ela localizou rapidamente a linha de diálogo que ele acabara de

recitar. Nervosa, viu que a linha seguinte era de VERA, a outra personagem. Com a voz fraca e sem entonação, Luiza leu:
– Como assim, direito? Quem é você pra falar de direito?

James parou, desarmou a postura agressiva do personagem, e a encarou, com um meio sorriso.
– É uma briga. Ela responde no mesmo tom.

Luiza o encarou de volta, sem graça. Respirou fundo, tentando recobrar a objetividade. Algo em James a deixava ansiosa e insegura, com dificuldade de reagir com a firmeza de sempre. Ao se dar conta disso, ergueu a mão e recobrou o controle.
– Um minuto. Vamos mais devagar – pediu, educadamente.

James continuou parado, olhando para ela, sem demonstrar impaciência. Luiza aproveitou o momento para se posicionar com mais segurança.
– Eu entendi que iríamos passar o texto e, tudo bem, estou acostumada a ler roteiros. Mas eu não sou atriz e não tenho como *interpretar* as cenas com você.

Ele assentiu com a cabeça, com a expressão tranquila. Luiza prosseguiu.
– Se isso não te atende, se precisa de alguém que interprete, não tem problema, a Ana Maria conhece atores e atrizes que podem passar o texto com você...
– *No, it's not that* – ele interrompeu. – Desculpa, não é isso. Eu tava lendo o roteiro antes de você *chega* e essa primeira cena é forte. Você tem razão. Eu não quero outro ator pra *ensaia* as cenas, preciso de alguém que *ler* comigo. Você não precisa *interpreta*, só ler. E eu tenho que *corrige* o português, o sotaque...

Luiza voltou a ler a linha de diálogo que ele recitara e soara estranha aos seus ouvidos.
– Então: nessa primeira fala, você disse "Você não *temm direito* de me *pede* isso". Aqui no roteiro está: "Você não tem *o* direito de me *pedir* isso". Está faltando o "o" e é "pedir", não "pede".

James assentiu com a cabeça de novo.
– *Oh. Okay.* "Não *temm o* direito de me *pedir*..." – repetiu.

– E quando disser "tem", tenta não enfatizar o som do "m"... *temm*. No Brasil, "tem" soa mais como "teim"...

James se jogou na poltrona de novo e cruzou as pernas como Buda sobre o estofado.

– Eu falo *temm*? – indagou, surpreso com a correção. – *I mean*... sempre? Eu falei "*temm* Nescafé"?

Luiza sorriu e ergueu as sobrancelhas de leve, confirmando.

James deu uma gargalhada, jogando a cabeça para trás, e colocou as duas mãos no rosto, novamente manchado de vermelho por causa de algum resquício inesperado de timidez. Ele recostou na poltrona. Depois, passou a mão no cabelo preto, deixando-o ainda mais despenteado, e a encarou, os olhos azuis brilhando e o sorriso expondo dentes brancos charmosamente desalinhados.

– *Disgraceful* – disse, zombando de si próprio. – Que desgraça. *Tein*.

Luiza apertou os olhos. O "m" estava melhor, mas o "t" ainda soava estrangeiro.

– Tem – ela disse.

Ele repetiu:

– Tem.

– Perfeito.

James a encarou, a expressão aberta, acessível. Naquele momento, Luiza se sentiu à vontade, relaxada, segura. E o encarou de volta, aprovando a receptividade dele às correções que fizera.

De um momento para o outro, a expressão jovial dele adquiriu um toque maduro. Seu olhar se tornou mais intenso sem, no entanto, perder o jeito naturalmente vivo e encantador, e ele agradeceu:

– *Thank you*.

***

Os dois passaram mais uma hora e meia lendo as primeiras cenas do roteiro. Luiza perdeu a noção do tempo. O texto era ótimo e ela se flagrou de pé, dando mais entonação e interpretação aos diálogos do que pensara ser capaz. Ela se detinha apenas para corrigir as palavras que James pronunciava incorretamente e suas eventuais escorregadas no sotaque.

James mergulhara no personagem, como fizera na primeira cena, interpretando a ação e o diálogo com tamanha veracidade que, às vezes, Luiza tinha a impressão de que o jovem era outra pessoa. Somente quando ela parava para fazer uma correção ou observação é que o verdadeiro James ressurgia. Parecia estar vendo duas pessoas dentro de um mesmo corpo. Embora não convivesse com o universo do teatro ou do audiovisual, Luiza ficou abismada com a naturalidade com que James entrava e saía não só do personagem, mas dos estados emocionais das cenas.

Já estava escuro do lado de fora. A luz da rua iluminava a sala e James havia acendido um dos abajures. Como ele tinha decorado o roteiro, não precisava ler, mas Luiza ainda tinha o texto nas mãos. Ela ficou perto da janela e da luminária, onde estava mais claro.

A cena tensa que iniciava o filme havia gradualmente mudado de tom. Palavras duras e acusações começavam a dar lugar a uma reconciliação. Os personagens, agora, refletiam sobre seus erros e atitudes, reconhecendo a responsabilidade de cada um pelos desentendimentos.

Enquanto Luiza recitava os diálogos ponderados de Vera, lendo o texto junto à janela da casa, James foi se aproximando, conforme estava descrito na ação da cena.

– Se eu tivesse te contado... – Luiza recitou, lendo o roteiro. – ...você não ia criar tantos fantasmas na sua cabeça.

Ela aguardou a próxima fala, que não veio.

O silêncio prolongado dele a obrigou a erguer o olhar.

James estava parado diante da janela, olhando a rua vazia através da fresta da cortina. As sobrancelhas unidas, os lábios contraídos, os ombros tensos, as mãos enfiadas nos bolsos da calça de moletom. Ele refletia sobre o que havia sido dito. E parecia precisar daquele tempo para dizer o que estava contido na próxima fala.

Luiza abaixou o roteiro, envolvida na atmosfera da cena, e observou aquele personagem inseguro, vulnerável, apaixonado, à sua frente. Ao admitir sua parcela de culpa na separação, Vera o forçara a repensar os próprios atos, suas reações impulsivas, sua necessidade de fazer o que fosse preciso para não perdê-la. Mas admitir isso, para ele, significava mudar sua forma de viver e agir. Essa pausa prolongada marcava uma decisão difícil.

Quando James finalmente se voltou para ela, sério, os olhos azuis sombreados pela emoção, Luiza sentiu no peito a hesitação dele. Foi uma dor física, irracional, que ela sabia pertencer à personagem e não a ela, mas que reverberou em seu corpo.

Ainda em silêncio, ele se aproximou e ergueu a mão. A palma quente tocou sua face e seu pescoço, suave, enquanto os olhos permaneceram acinzentados como nuvens de chuva. Ele deu outro passo e a camiseta dele roçou no tecido de sua camisa branca. Ela sentiu o calor dele. Outro passo e os lábios vermelhos se aproximaram de seus lábios partidos. A outra mão pousou sobre sua cintura, firme e pesada, e ela registrou a impressão dos dedos em suas costas. Seu olhar se manteve fixo na boca úmida que descia sobre a sua, o hálito morno sobre seu rosto, o perfume masculino da sua pele.

E ele parou.

Por um momento, a boca de James estava tão perto da sua que bastaria a ela erguer a cabeça um milímetro para tocá-la. Os dois permaneceram imóveis por um segundo, sem levantarem os olhos um para o outro, sem afastarem as mãos ou os corpos, sem dizer nada. O silêncio era uma neblina que os isolava do mundo.

– *I love you, but I can't* – ele sussurrou a linha de diálogo que faltava, a boca roçando na dela.

Luiza ergueu os olhos, como se tivesse sido arrancada de um sonho. "Eu te amo, mas não posso" soou como um prenúncio de pesadelo. Ainda presa à ficção, seu coração apertou, o ar rareou. Os olhos marejaram.

De repente, James deu um passo atrás e abandonou o personagem. Seu movimento obrigou a realidade a se impor. Luiza também deu um passo para trás, evitando piscar para não correr o risco de a lágrima escorrer.

Os dois desviaram o olhar ao mesmo tempo e se moveram em direções opostas: ela ergueu a mão para ler o texto, se voltando para a luminária e o sofá; ele girou nos calcanhares e alcançou a caneca de café que havia abandonado sobre a estante.

Luiza conferiu o relógio e passou a mão livre nos olhos úmidos:

– Jesus! São nove e meia.

James se voltou para ela, recomposto, sem resquícios do personagem, e se dirigiu para a cozinha outra vez. Largou a caneca sobre a bancada.

– Desculpa! Eu *perde* a ideia da hora. Não se preocupe, eu vou *pago*... – ele disse, procurando a carteira na ilha da cozinha, perdida entre os potes, pratos e mantimentos.

Luiza se encaminhou em direção ao blazer do terninho, que dobrara sobre o encosto do sofá. Vestiu a peça e ajeitou a camisa para dentro da calça.

– Não, não precisa. Eu é que não me dei conta... – começou a falar.

Mas ele já estava com as notas estendidas para ela.

– Foi *esse* o que a gente *combina* – ele disse. – Desculpe de novo, eu... Você pode me *interrompe* se eu... não vai *acontece* de novo, *I promise*.

Sem graça, ela pegou o dinheiro, dobrou e enfiou as notas grandes de libras dentro da bolsa, desconcertada. Isto era inédito na sua existência. Nunca na vida se deixara levar daquele jeito. E não sabia o que dizer para se desculpar ou aceitar as desculpas dele. Sentiu o rosto queimar de vergonha, ou de alguma outra emoção que não conseguiu distinguir, e disfarçou, sorrindo.

– Bem, eu tenho de ir.

James mais uma vez passou a mão no cabelo, sem jeito, e murmurou:

– Entendo se não quiser *continua*... *I'm so sorry*...

Ela tornou a olhar para ele, fazendo o possível para soar casual.

– Não precisa pedir desculpas! Claro que vou continuar. Não foi nada. O texto é forte. É muito bom, aliás. Muito bom mesmo – falou, enquanto se dirigia à escada para buscar seu casaco de náilon.

– Nos vemos depois de amanhã, então. Mesmo horário?

James a acompanhou até a porta.

– Depois de amanhã. Quinta. Mesmo horário.

Ela assentiu, enquanto vestia o casaco, e ele a contornava para alcançar a porta.

– Eu vou *pede* um taxi pra você – ele disse, ao abrir a porta para a rua vazia, voltando para o interior da sala em busca do celular. – Está tarde. Onde você mora?

Ela seguiu para o jardim. O frio da noite a atingiu, cortante.

– Imagina! É cedo e eu moro aqui perto.

James não conseguiu disfarçar a surpresa.

– Aqui? *Oh. Of course.* Claro... Eu posso te *acompanha*...

Luiza sorriu, aliviada por já estar se sentindo um pouco mais como ela mesma.

– Não se preocupe, James, mas obrigada. Até quinta, então.

Ele ficou na porta, olhando ela seguir para as ruas internas, entre a King's Road e o rio Tâmisa. Luiza ouviu quando ele finalmente fechou a porta. Não se voltou. Seguiu caminhando pelas ruas tranquilas, o olhar fixo na calçada, o coração batendo de um jeito incômodo. Ela não conseguia ordenar as ideias. Só conseguia pensar que estaria naquela casa de novo em dois dias. E não tinha a menor condição de avaliar, naquele momento, se conseguiria cumprir com o compromisso ou não.

CAPÍTULO 2

Luiza aguardava Ana Maria em uma das mesas externas do Royal Festival Hall, ao lado da ponte Golden Jubilee, às margens do Tâmisa. Embora fosse fim da tarde de quarta-feira, a área estava movimentada. O tempo nublara, mas voltaria a fazer sol até o final da semana, de acordo com a previsão.

O vento frio despenteou seu cabelo comprido, que costumava prender com presilhas dos lados. A voz de James em sua mente dizendo "café com leite *for the lady, then*" a fez passar a mão nele de novo. Era impossível esquecer o *"for the lady"*, mas também era impossível esquecer os lábios vermelhos dele próximos aos seus. Sentiu de novo a intensa excitação que quase a fizera se mover o milímetro que faltava para o beijo. Depois, agradeceu o autocontrole. Teria sido pouco profissional.

Estava perdida nesse devaneio quando Ana Maria surgiu de repente, colocando a bolsa em uma das cadeiras e sentando-se na outra.

– Oi, querida! – a amiga disse, já se inclinando para lhe dar dois beijinhos nas faces. – Chegou há muito tempo? Desculpe o atraso. É que o Nathan me ligou – falou, enquanto se ajeitava na cadeira – querendo que eu faça um *videobook* dele com monólogos de Shakespeare. *Pode*? Ele está *se achando* só porque conseguiu uma ponta numa peça no Soho e já está querendo dar um passo maior do que as pernas.

Luiza sorriu, ouvindo Ana Maria reclamar de um dos atores novatos com quem trabalhava. Antes que pudesse fazer algum comentário, Ana lançou sobre ela um olhar crítico e disse:

– Amor, posso ser muito sincera?

– Como se você não fosse *sempre* muito sincera – retrucou Luiza, com humor.

Ana tocou seu cabelo, um ar mal disfarçado de reprovação.

– Seu cabelo está precisando de um corte. Eu já te falei daquele salão na galeria da King's Road...

Luiza a interrompeu.

– Tá doida, Ana? Desde quando o meu dinheiro dá para cortar o cabelo na King's Road?

– Esse salão é *baratex* – ela cortou, de volta. – Fica na galeria daquela loja de materiais esportivos, sabe qual é?

Luiza já passara na porta daquele salão, mas não tivera coragem de entrar e perguntar o preço do corte. Além disso, ela só podia ir ao salão no sábado, pois, quando saía do trabalho, durante a semana, o comércio já estava fechado. E raramente não estava fazendo algum freela aos sábados, com seus ex-patrões, na contabilidade pessoal de uma consultora de investimentos ou fazendo revisões e traduções. Mas optou por não contrariar a amiga.

– Eu dou um pulo lá assim que der – disse, para aplacar a amiga, sem intenção de ir mesmo.

Ana pegou a carteira na bolsa e se levantou outra vez.

– O que você quer beber?

– *Half pint* de uma cerveja leve qualquer, por favor. A próxima rodada é minha! – exclamou, enquanto Ana Maria saía para comprar as bebidas no balcão.

Luiza reconsiderou o *half pint*, que equivalia à metade do copo de cerveja britânico, maior do que a tulipa brasileira. Devia ter pedido um refrigerante, pois estava cansada e ainda tinha de fazer uma revisão quando chegasse em casa. Mas precisava relaxar. O encontro com James, no dia anterior, tinha impedido Luiza de dormir direito e uma feira internacional de literatura deixara a agência literária em polvorosa.

Ana Luiza retornou com as bebidas e perguntou, animada:

– E aí? Como foi com o James Drummond, ontem? Me conta!

Luiza contou, com detalhes, tudo o que aconteceu. Quando chegou na parte do "quase beijo", Ana arregalou os olhos:

– *Peraí*. Ele te beijou?

– Não! – Luiza exclamou. – Não. Ele também ficou super sem graça. Sei lá, acho que a gente se empolgou com o roteiro...

Ana franziu a testa.

– Eu nunca ouvi nada sobre esse tipo de comportamento vindo do James. Eu jamais te indicaria para trabalhar com alguém que fizesse esse tipo de coisa.

– Ana, ele não me assediou – Luiza afirmou, séria, para desfazer o mal-entendido. – Eu juro. Conheço bem esse tipo de homem, que existe aos montes por aí. Não foi isso.

Ana relaxou, recostou na cadeira, e deu um gole em sua taça de vinho branco.

– Ai, que susto, mulher! Logo o James. A conduta dele sempre foi irrepreensível, pelo menos com os atores e atrizes que eu conheço.

– Não foi assédio. Foi... sei lá... foi intenso – Luiza murmurou, relembrando a sensação. – Diferente. Não sei. E não sei se é bom eu voltar a trabalhar com ele. Eu fiquei perturbada e, sei lá, tenho medo de...

– Medo de quê?

–Vai que ele achou que *eu* estava dando em cima dele?

A amiga soltou uma gargalhada ao seu lado.

– Não tem a menor chance de o James pensar que você tava dando em cima dele. Você não dá mole pros caras nem quando eles estão babando em cima de você.

– Homem nenhum nunca *babou* em cima de mim, Ana – ela retrucou.

– Ah Luiza, você é que não quer ver. Parece até que não quer ficar com ninguém. O Dalton ficou doido com você. Só que os ingleses são mais contidos que os brasileiros. Em geral, eles não partem do pressuposto de que você *quer* ser abordada, cantada, tocada só por que *eles* querem te abordar, te cantar, te tocar...

– O Dalton é um fofo, mas não rola. A química entre nós é zero.

– Então, parece que a sua química com o James é *mil*. Ele mal encostou em você e te deixou neste estado deplorável – a amiga comentou, rindo, com malícia.

Foi a vez de Luiza recostar na cadeira. Deu o último gole na cerveja.

– Eu estou achando melhor acabar com essa história de uma vez. Isso não vai dar certo. Você não pode indicar outra pessoa pra ele?

– Até posso, mas é bobagem, amiga. Acho que você não está acostumada a lidar com atores e ficou assustada com a intensidade dele.

Luiza se levantou para buscar outra rodada de drinks.

– Pode ser. Vou pegar um refrigerante. Quer outra taça de vinho?

Ana Maria assentiu. Ela tinha razão, Luiza ponderou, enquanto adentrava o bar para comprar as bebidas. Precisava decidir se continuaria a trabalhar com James ou não. E, se optasse por não fazê-lo, teria de dizer isso a ele o mais rápido possível.

* * *

Luiza desceu do ônibus no mesmo ponto da King's Road que havia saltado para a casa de James. Desta vez, no entanto, entrou duas ruas antes, rumo à casa dos ex-patrões, e caminhou algumas quadras pelas ruas tortuosas, iluminadas pelos postes esparsos e pelo interior das residências.

Chico e Tom, os executivos que a trouxeram para Londres, moravam mais para dentro do bairro. A casa tinha um pequeno apartamento de quarto e sala acomplado às dependências principais, que Luiza continuava a ocupar desde quando era assistente deles. O arranjo havia sido perfeito: além do salário semanal, ela não precisara pagar aluguel e alimentação. Isso a permitira economizar esses gastos durante três anos, dinheiro que enviara para a mãe e para ajudar nos estudos de Léo, seu irmão mais novo.

No início de seu quarto ano em Londres, Luiza compartilhou com Chico e Tom o desejo de se aprimorar como escritora. Queria fazer cursos em escrita criativa e, quem sabe, alguma qualificação em uma universidade britânica. Os dois a apoiaram com entusiasmo e a incentivaram a buscar um trabalho mais compatível com literatura. Logo Luiza foi chamada para cobrir as férias do recepcionista de uma agência literária e, quando o rapaz pediu demissão, ficou em seu lugar. O salário era um terço do que recebia dos ex-patrões, mas nunca estivera tão próxima do que realmente amava: escrever.

Como Chico e Tom não iriam contratar outro assistente, nem alugar o pequeno apartamento, eles ofereceram para que Luiza ficasse morando lá. Além de não precisar pagar aluguel, ela fazia outros freelas. Isso permitia a ela continuar mandando dinheiro para a família. Mas esse arranjo generoso estava para terminar. Chico havia sido transferido para Tóquio, e o casal se mudaria em janeiro. Depois que partissem, entregariam a casa e Luiza teria de alugar um quarto longe do centro, caro demais para o seu bolso.

Quando abriu a porta, a calefação se fez sentir. Luiza foi até o apartamento, que ficava no lado direito da casa, e largou a bolsa e o casaco. Depois, como costumava, se dirigiu à sala, onde ouvia o ruído de pratos, talheres e as vozes dos ex-patrões, para dar um alô.

Encontrou Chico tirando a mesa, enquanto Tom ligava a televisão imensa na sala de estar.

– A novela não vai começar agora – Chico observou, levando a travessa com o resto de lasanha para a bancada da pia – E hoje eu não estou com nenhuma paciência pra ficar ouvindo noticiário cheio de desgraça. Dá para colocar uma música, por favor, alguma coisa animada dos anos oitenta pra eu não ficar ainda mais deprimido?

Tom respondeu com um *"Humpf"* que não revelava se acataria a solicitação do marido ou não.

– Oi Tom, oi Chico – Luiza falou, anunciando sua entrada. – Tudo bem? Como foi o dia hoje?

Ela foi direto até a mesa de jantar e ajudou Chico a colocar os pratos na máquina de lavar louça, enquanto ele transferia o resto da lasanha para um pote com tampa.

– Oi, minha linda – ele disse, fechando o pote – O dia foi infernal. O metrô estava entupido e parou no meio da viagem. Levei quase quinze minutos só para sair da estação, de tão lotada que estava. Acabei tendo de pegar um táxi e fiquei mais quarenta minutos preso no engarrafamento. A equipe no escritório está histérica com a mudança e o corretor em Tóquio ainda não encontrou um apartamento com o quarto adicional para a gente montar o ateliê do Tom. Você quer lasanha? Se ficar na geladeira, vou devorar o resto de madrugada e este carboidrato vai todo pros meus pneuzinhos.

Chico era mais corpulento do que Tom. Os dois tinham mais de cinquenta anos, mas estavam em ótima forma. Enquanto Chico era baixo, calvo, com uma barba rente bem cuidada e uma barriguinha que começava a se tornar proeminente, Tom era alto e sarado. Ternos caíam nele com perfeição.

Luiza ligou a máquina de lavar louça.

– Obrigada, Chico, mas vou fazer um lanche. Se eu comer agora, vai me dar sono e tenho de entregar aquela revisão ainda hoje.

Tom veio lhe dar um beijo no rosto.

– Ele acordou num mau humor de cão – murmurou, zapeando a lista de músicas à procura de alguma coisa interessante – Legião Urbana?

– Pão com queijo todo dia não sustenta ninguém, Luiza – disse Chico, secando as mãos. Depois, se dirigiu ao marido. – Muito cabeça. Kid Abelha?

– Paralamas? – Tom sugeriu, conciliatório.

– Boa. – Depois de passar um pano na bancada, Chico recostou nela – Essa mudança está me enlouquecendo. Uma equipe do escritório vem aqui sábado de manhã fazer a avaliação do que a gente vai levar. Só que eu e o Tom já tínhamos marcado de passar o dia com o meu irmão, em Cambridge. Você pode recebê-los, por favor? Se você tiver algum freela, eu remarco.

Luiza abriu a geladeira e pegou um copo d'água.

– Claro que eu posso. Os freelas de sábado são flexíveis. – Depois se voltou para os dois, já sentindo falta do aconchego, da amizade deles, e falou, com saudades antecipadas. – Tá chegando, né?

– Está voando! – Chico disse, se sentando à mesa de jantar oval, enorme. – Agora, senta aqui um minuto, por favor – ele pediu, carinhosamente.

Desconfiada de que a conversa era séria, ela se sentou.

– O que houve?

– Eu e o Tom vamos ter de ir para Tóquio antes do previsto. Fiquei sabendo ontem... – Chico falou, com cuidado. – Vamos ter de ir antes mesmo de o apartamento lá ser alugado! Vamos ter de ficar em um apart hotel e começar a trabalhar antes do *break* de Natal. Eu preciso assumir o escritório no início de novembro, em vez de janeiro, porque o CEO teve um problema e pediu demissão ontem. O pessoal de lá queria que eu fosse semana que vem, mas consegui negociar e ficamos aqui mais três semanas.

O estômago de Luiza se contraiu. Isso afetava seus planos também. Mas, antes que pudesse se ver procurando um quarto, fazendo mudança, começando a pagar aluguel antes do previsto, Chico colocou a mão em seu braço, num gesto tranquilizador, e prosseguiu:

– O contrato de aluguel daqui vai até o fim de dezembro, e a empresa não pode parar de pagar. Então, eu queria te pedir um favor enorme: você pode ficar até a entrega das chaves? A gente não quer deixar a casa vazia com as coisas que não vamos poder levar tão cedo... As esculturas do Tom, por exemplo.

Luiza respirou aliviada. A solicitação de Chico era uma desculpa. Claro que eles podiam entregar a casa quando quisessem, e a firma especializada em transporte de obras de arte embalaria as peças do Tom melhor do que ninguém. Mas isso significaria desalojá-la. A generosidade do casal não tinha limites.

– Não fica achando que o Chico tem coração mole – Tom disse, da sala, ao som de *Lanterna dos Afogados* – O que ele quer é que você fique de olho no pessoal que vai fazer a mudança.

Luiza pousou a mão sobre a de Chico.

– Vocês não têm que se preocupar comigo, eu posso me mudar amanhã, se for preciso. E imagina se eu vou deixar qualquer outra pessoa embalar sua coleção de pratos e as esculturas do Tom! Claro que vou supervisionar tudo. Mas não quero que deixem de entregar a casa por minha causa.

– Quem disse que é por sua causa? – Chico retrucou – Prefiro mil vezes que você faça o *house sitting*. Não quero nenhum estranho tomando conta das coisas aqui. E você vai nos fazer um favor gigantesco se puder ajudar a embalar a mudança. Eu não vou confiar minha coleção preciosa de pratos a ninguém além de você!

Luiza abraçou Chico com força, profundamente grata.

– Muito obrigada – e lhe deu um beijo no rosto. – Eu não sei como agradecer a vocês dois por tudo o que fizeram, que ainda estão fazendo, por mim.

Chico se levantou, lépido e animado, para disfarçar a emoção.

– Combinado, então. Você fica aqui até o fim de dezembro e, assim que puder tirar férias na agência literária, vai passar um mês *inteiro* com a gente no Japão.

Luiza sorriu, assentindo. Tom se sentou em frente aos dois, na cadeira do outro lado da mesa, preocupado.

– E o visto, Luiza, você vai conseguir renovar? A gente não consegue te levar para Tóquio neste primeiro momento e também não queremos te afastar da agência. O ideal seria alguma empresa aqui no Reino Unido te patrocinar.

A oferta generosa do casal, de ela ficar até dezembro janeiro naquela casa, tirava um peso enorme das suas costas. O visto, porém, era um problema que a generosidade do casal não podia resolver. Luiza suspirou, tentando soar positiva.

– Quem sabe? Talvez eu consiga entrar para uma universidade e solicitar um visto de estudante.

– Mas isso só te garante por um ano. No máximo, dois. A agência literária não pode te patrocinar?

– Eles não têm como justificar o patrocínio. Qualquer pessoa pode fazer o trabalho que eu faço lá.

Chico ia sugerir alguma coisa, mas desistiu. Depois, se animou de novo:

– Eu ainda não desisti – falou, se levantando para colocar uma cápsula de café na máquina. Depois, se voltou para Luiza e Tom, apontando para ela, depois para ele – Carioca? Cortado?

Luiza fez "sim" com a cabeça para o "carioca" e Tom fez um sinal de positivo com a mão.

– Eu agradeço de coração, mas quero que vocês se concentrem nessa aventura nova no Japão – completou, para disfarçar a emoção misturada à ansiedade. – Não se preocupem comigo!

Depois de tomar um café com Chico e Tom e ouvir o relato do dia agitado que tiveram, Luiza se retirou para trabalhar na revisão, menos ansiosa.

O mini apartamento tinha uma salinha com sofá, mesa, televisão, geladeira e micro-ondas. O quarto tinha uma confortável cama de casal, um armário e a escrivaninha onde escrevia, nas horas vagas. O banheiro era básico, mas funcional. Não podia estar mais bem acomodada. Qualquer quarto que fosse pagar, fora do centro de Londres, certamente seria em uma casa dividida com outras famílias e não teria o luxo de um banheiro só para ela. Ficou emocionada, mais uma vez, com a generosidade de Chico e Tom. Mas ela sabia que conseguir o visto de permanência era impossível.

***

Luiza passou o dia seguinte ensaiando diferentes formas de dizer a James que não iria continuar trabalhando com ele. A agitação na agência seguia o ritmo febril de véspera de evento. A feira internacional em Berlim aconteceria em dez dias e os preparativos eram infindáveis. Ela não parou de atender o telefone; receber caixas de materiais promocionais; despachar livros e folhetos sobre os autores; fotocopiar documentos, abrir correspondências, fazer ligações para os agentes e receber a costumeira pilha diária de manuscritos. Nada disso a impediu de pensar e repensar o que diria a James.

Trabalhou dobrado, sem sair para almoçar – mastigou um sanduíche frio enquanto organizava o envio das caixas para a Alemanha – e, ainda assim, teve de avisar James que chegaria meia hora atrasada.

Havia decidido que o risco de trabalhar com o ator, por quem obviamente se sentia atraída, era alto demais. Ela ponderou incansavelmente sobre essa atração. Já se sentira atraída por colegas de trabalho antes e sempre conseguira manter o prumo, conduzir a situação de forma a não permitir que isso sequer fosse percebido. Embora o relacionamento entre funcionários, na maioria das empresas, não fosse proibido, Luiza tinha esse código de conduta pessoal.

Para muita gente, isso era uma bobagem: se você passava tanto tempo com aquelas pessoas, era natural que namoros e casamentos resultassem dessa convivência. Mas também surgiam fofocas, disse-me-disse, versões fantasiosas e ciúmes, coisas que Luiza detestava. Então, optara por nunca se envolver com colegas de trabalho. E isso virava uma proibição quando a pessoa estava acima ou abaixo dela na hierarquia da empresa.

E James era, de certa forma, seu "patrão".

Por outro lado, deixar James na mão seria ainda pior. Então, Luiza decidira que daria continuidade ao trabalho até conseguir alguém para ficar em seu lugar. Teria de explicar a situação a ele *hoje*. Cumpriria suas horas de trabalho e, depois, deixaria claro que não era a pessoa indicada para trabalhar com ele. Não gostava da ideia de mentir, mas era inevitável. De que outra forma iria explicar sua decisão, depois de ter trabalhado apenas um dia com ele? Estava tudo resolvido em sua cabeça.

Já havia escurecido quando tocou a campainha ao lado da porta azul, às seis da tarde. Estava segura de ter tomado a melhor decisão.

Ela era uma mulher racional, pragmática, e suas estranhas reações durante o primeiro encontro haviam ligado um gigantesco sinal de alerta. Sua única opção era cortar o mal pela raiz. Trabalharia uma ou duas vezes mais com ele, com o maior distanciamento possível, e passaria o trabalho para outra pessoa. Não faltavam brasileiros em Londres para ajudá-lo a ler o texto e a corrigir seu português e sua pronúncia. Ana Maria iria encontrar alguém rapidamente.

Precisou tocar outra vez e estranhou a demora de James em abrir a porta. Freou o impulso de olhar através da fresta da cortina. De repente, ouviu os passos dele no tapete, descendo a escada.

James abriu a porta, esfregando a toalha no cabelo molhado, descalço, vestindo a mesma calça de moletom cinza de dois dias atrás e uma camiseta de malha azul-escura, da cor de seus olhos. O aroma fresco do banho e o cheiro suave do xampu a alcançaram como uma deliciosa onda morna.

– Desculpe! Eu *sai* do banho e o meu agente *liga* e diz que *precisa* de um documento que eu não *faz* ideia de onde está. Acho que só meu pai *temm*... tem – falou, se corrigindo, sem parar para respirar. De repente, ele se calou, os olhos brilhantes fixos nela, e abriu mais a porta para deixá-la entrar, deixando a toalha sobre o corrimão da escada para pegar o casaco dela. Seus cabelos pretos, despenteados e úmidos, caíam desajeitadamente sobre seus olhos. Ele passou os dedos para arrumá-los um pouco. – Entra.

A visão dele recém-saído do frescor do banho, o cheiro, a pele muito branca, o peculiar rubor em suas faces e o vermelho da boca ainda mais vívido, deixaram Luiza paralisada, sem fôlego. Suas pernas enfraqueceram, o estômago esquentou e o calor desceu até onde não devia.

Luiza não entrou. Não se moveu. Seu cérebro começou a disparar: "*Entra!*", "*Se controla, Luiza.*", "*Perdeu a noção?!*", mas sua expressão permaneceu inalterada, os olhos fixos nele. Antes que a situação ficasse embaraçosa, fez um esforço e deu um passo à frente.

– Oi, James. Obrigada – falou, mais séria do que gostaria. E, diferente de tudo o que havia planejado com tanto cuidado, disparou – Eu não vou poder continuar trabalhando com você. Mil desculpas, mas não vai ser possível. Meus ex-chefes vão se mudar mais cedo do que o previsto e eu preciso ajudar a organizar a mudança, então, não vou ter mais horários vagos. Não se preocupe, não vou te deixar na mão. Eu e a Ana já estamos procurando uma pessoa para me substituir. Enquanto isso, eu continuo vindo até essa pessoa começar, conforme a gente combinou.

James ficou parado, olhando para ela, o cabelo molhado caindo em sua testa, segurando o casaco de náilon dela. Sua respiração estava agitada e ele respirou fundo, como que para recobrar o controle. Só então Luiza conseguiu respirar também e deu mais um passo para dentro, rumo à sala de estar, tão bagunçada quanto antes.

– *Pena...* – ele disse, às suas costas, depois passou por ela, rumo à cozinha. – Você quer café?

Antes que ela pudesse dizer "sim" ou "não", James prosseguiu, as placas vermelhas em seu rosto ainda mais intensas:

– Olha... eu... eu nunca... *I'm so terribly sorry*. Eu me *sente* muito mal. Eu não... Entendo se você *interrompe* o trabalho por causa dos teus chefes. Mas se é por causa da cena... Eu prometo, eu juro: não vai *acontece* de novo. Eu não sou assim, mas entendo que você *se ofende*. Quer dizer, que não quer mais trabalhar comigo porque eu *passa* dos limites. Mas eu não *passa* dos limites mais, eu juro.

Luiza queria dizer que não era esse o motivo, que ele não tinha do que se desculpar, pois ela tinha sido uma participante ativa na situação. A cena lhe voltou à memória e ela a reexaminou, pela milionésima vez, à luz do possível "avanço de sinal" ao qual ele se referia. James se empolgara, sem dúvida. Mas Luiza se empolgara tanto quanto ele. E, no final, ele dera o passo atrás primeiro. Não havia culpados e era injusto deixar que ele achasse que a responsabilidade era só dele.

Era raro ver Luiza sem palavras, mas ela não conseguiu reagir, mais uma vez, com a rapidez necessária. James fechou os olhos e abaixou a cabeça, as mãos na cintura, se autorecriminando.

– Desculpe. Você não precisa *continua*, eu espero até a Ana *indica* outra pessoa. Eu te entendo.

Luiza finalmente conseguiu dizer:

– Você não tem do que se desculpar, James. Você não passou dos limites. Eu também entrei na cena e me deixei levar pela emoção. Não aconteceu nada. Nem vai acontecer. Somos profissionais. Você não avançou sinal nenhum. Eu tenho mesmo de ajudar meus ex-patrões e tenho medo de não conseguir vir com a frequência que você precisa ou ficar o tempo que você precisa. Eu é que te peço desculpas por não cumprir com o que combinamos. Espero que não seja um transtorno muito grande. Eu vou ficar até a gente conseguir alguém que me substitua.

Os ombros dele relaxaram um pouco e ele assentiu, um sorriso vago que não conseguia sobrepujar o desapontamento em seus olhos.

Luiza se encaminhou para o seu canto no sofá e se sentou.

– Você ainda tem Nescafé?

James sorriu, finalmente, e se encaminhou a passos largos para a cozinha.

– Eu até *compra* outro vidro. É *"compra"*?

Luiza também sorriu.

– É "comprei".

– Eu *esquece* que os verbos em português são um *nightmare* – ele disse, rindo.

– Você tem toda razão – ela concordou, simpática. – São *mesmo* um pesadelo.

CAPÍTULO 3

No sábado, enquanto Chico e Tom visitavam a família em Cambridge, Luiza recebeu a equipe do escritório para fazer a avaliação da mudança e supervisionou todos os detalhes, explicando as necessidades e preferências de cada um. No domingo, combinara uma nova leitura com James.

Entre uma caneca de café e outra, Luiza passou o texto com ele, a atenção redobrada e a distância física bem delimitada entre os dois. Enquanto James recitava e atuava suas falas decoradas, Luiza dava entonação, emoção e intenção às outras falas, para acompanhar o ritmo dele. James estava ainda mais cuidadoso quanto à proximidade e à interpretação.

Embora os dois se flagrassem envolvidos na história ficcional que ele ensaiava, seguindo a montanha-russa de emoções que os diálogos, as ações e, sobretudo, os silêncios suscitavam, nenhum dos dois se deixou levar por elas. James interrompia a cena assim que terminava, quebrava o clima e saía do personagem, para não correr o risco de provocar algum constrangimento.

O dia voou. Luiza não havia conseguido parar de observá-lo, fascinada, e percebera que James também roubava um olhar furtivo ou outro, quando não estava mergulhado no personagem. Mas ambos haviam mantido a postura estritamente profissional. Luiza chegara às dez da manhã e haviam repassado o texto até às quatro da tarde, só parando para pedir o almoço, que James encomendou em um restaurante próximo. Quando ele deu o trabalho como encerrado, ainda estava claro do lado de fora.

James encontrou a carteira, novamente perdida entre os potes da ilha na cozinha, e ia separar o dinheiro para pagar Luiza quando parou e disse:

– Por que a gente não sai? Ainda *está* dia lá fora.

Luiza começava a vestir o casaco de náilon para ir embora e parou também. O dia estava límpido, o céu azul manchado com os familiares raios alaranjados que anunciavam o iminente pôr do sol. Ela também precisava respirar, depois da semana corrida na agência e da organização da mudança dos ex-chefes. Por um momento, ela ponderou se o passeio poderia ser arriscado, mas decidiu que os dois haviam estabelecido as fronteiras profissionais com tanta firmeza que concordou.

– Que tal uma caminhada até o Hyde Park? – sugeriu. – O parque fica lindo no outono.

– *Excellent idea* – ele disse, já se encaminhando a passos largos e rápidos, como costumava fazer, para a escada – Eu *bota* uma calça jeans e a gente vai.

***

Os dois caminhavam lentamente, lado a lado, as mãos enfiadas nos bolsos dos respectivos casacos. James vestia uma jaqueta curta, marrom, fechada até o pescoço; Luiza estava com seu casaco comprido bege, o único que tinha, também fechado, com um cachecol de linha em volta da garganta para barrar o vento. O silêncio entre eles era estranhamente confortável.

Eles haviam atravessado a King's Road e seguido em direção ao parque pelas ruas que levavam ao metrô de South Kensington. Dali, continuaram subindo pela larga rua de pedestres, margeada por restaurantes e lojas e que desembocava em três museus: História Natural, Ciências e Victoria & Albert.

Enquanto caminhavam, James havia feito várias perguntas sobre sua vida. Luiza contou como começara a trabalhar com Chico e Tom, há dez anos, na casa do casal, gerenciando todas as questões domésticas: da lista de supermercado ao orçamento e os outros funcionários. James ficou admirado com a capacidade de organização de Luiza, rindo de si mesmo, pois era, como ela já constatara, desorganizado e bagunceiro. Mas ele falava pouco sobre si próprio e sempre voltava a perguntar mais sobre Luiza.

– Sua família é do Rio? – ele indagou, enquanto seguiam pela Exhibition Road.

– Minha mãe e meu irmão mais novo moram no Grajaú. Meu pai mora em Juiz de Fora com a esposa – ela falou. – Você nasceu no Rio, não é?

– Você não deve *acredita* em tudo o que está na *Wikipedia* – ele ressaltou, bem-humorado. – Eu *nasce* em Oxford, por isso pensam que sou inglês, mas me *acho* escocês. E fui para o Rio com oito meses. Minha casa *era* no fim de Ipanema, perto do Arpoador. *Moro* lá até os onze anos. Meu pai é brasileiro e minha mãe é escocesa, mas fala o português perfeito. Eu fico com vergonha perto dela, com os erros e o sotaque... *Temmm* – ele repetiu, acentuando o som do "m", como fizera antes de Luiza corrigi-lo.

Luiza riu alto.

– Seu português é excelente, James. Poucos estrangeiros que eu conheço têm a sua pronúncia e seu vocabulário, principalmente os que não moram lá.

Ele desviou o olhar para os pés, sem graça.

– Espera até eu *fica* cansado ou nervoso! Aí é uma mistura de erros com sotaque escocês, uma desgraça. Parece que eu nunca *falo* português.

Ela revirou os olhos, brincando.

– Exagerado. É bom relembrar os verbos. Mas é difícil mesmo, eu sei.

Os dois entraram na alameda que levava ao parque. À direita, em frente ao Albert Hall, Luiza viu o monumento construído pela rainha Vitória para o marido, o príncipe Albert. Uma escultura imensa e dourada, no centro da construção, homenageava o homem que ela amou a vida inteira.

Luiza se encaminhou para o banco de ferro verde que ficava em frente ao memorial, em um dos caminhos largos de terra e cascalho. James se sentou ao lado dela.

– Eu costumava caminhar até aqui, quando tinha tempo livre, para fazer exercício e dar "bom dia" ao príncipe – Luiza comentou, olhando a escultura reluzente. – A história de amor entre Vitória e Albert sempre me impressionou. Muita gente tem essa fantasia de que os casamentos entre os antigos reis e rainhas eram como contos de fada, só que a realidade é muito mais brutal. Raramente havia amor entre eles... Mas Vitória e Albert se amavam de verdade.

James a olhou de lado, sorrindo.

– *That's surprisingly romantic of you* – ele disse. – *A good surprise...*

Luiza baixou os olhos para as próprias mãos, sem graça, como se tivesse inadvertidamente revelado um "surpreendente lado romântico" secreto, que nem ela mesma conhecia. Se a surpresa era boa, como ele dissera, ela não tinha como saber.

– Eu não me considero romântica – ela retrucou, com um sorriso irônico, tornando a olhar a escultura enorme. – Só acho a história deles bonita. E triste. Ele morreu tão cedo... Ela nunca tirou o luto.

– Mas eles *são*... foram... felizes quando estavam juntos – ele murmurou. – Isso é o que importa.

Luiza assentiu, subitamente melancólica. Os últimos raios de sol cortavam por entre as folhas das árvores do parque. James reclinou no banco, deitou a cabeça para trás, e ficou apreciando o céu claro, sem nuvens, do pôr do sol. Luiza também recostou, as mãos ainda nos bolsos, protegidas do vento.

– Há quanto tempo eu não faço isso – ele murmurou, entre os lábios, ainda olhando para o céu. Seus olhos azuis, sob a luz, ficaram transparentes – É tão perto de casa e eu não *vem* nunca. Parece que eu tô sempre no trem, no avião, no estúdio, no teatro. *Don't get me wrong, I love every moment of it*. Eu realmente *ama* muito o que eu faço, pode ter certeza, mas às vezes esqueço que eu amo este parque, principalmente no outono...

Luiza olhava o rosto dele de perfil. Como Ana Maria dissera, James não era bonito, no sentido tradicional da palavra. Não era uma beleza hollywoodiana, artificial. Havia algo nele charmoso, encantador, sexy, que era difícil de especificar. Podia ser o sorriso, meio de lado, sempre à beira de aflorar; podiam ser as sobrancelhas que se uniam, de repente, sérias e inquisitivas; podia ser a forma como ele prestava absoluta atenção a qualquer pessoa com quem estivesse falando; podiam ser seus ombros bem definidos, fortes, brancos como leite; podia ser seu jeito ao mesmo tempo seguro e tímido; podia ser o conjunto da obra...

Ele desviou o olhar para ela e a flagrou com o olhar intenso sobre ele. Um sorriso de canto de boca, que parecia adivinhar que o interesse dela ia além do trabalho, surgiu em seu rosto. Luiza se apressou em redirecionar sua atenção para um senhor que passou entre eles e o monumento, caminhando de bengala, a passos cuidadosos.

– Eu também adoro o parque no outono – ela disse. – Não só o Hyde Park, mas todos os parques de Londres. Antes de vir para cá, eu achava que a cidade era cinza, fria, dura. Foi uma surpresa descobrir a quantidade de árvores, de praças e parques. E eu amo Kew Gardens.

– Eu também – ele disse, se endireitando no banco e a observando com a mesma intensidade com que ela o fizera. – Não vou lá *tem* anos!
– Você conhece o jardim das azaleias? – Luiza indagou, empolgada. – Uma área só de arbustos de azaleias de todas as cores? É incrível.
– *How do you say* "azaleia" *in English*? – ele perguntou de volta e, em seguida, tirou o celular do bolso do casaco e tamborilou no visor para buscar a tradução na internet – Como se diz... Azaleia em inglês é... *Azalea*.
Os dois riram juntos.
– Você pode me *mostra* no fim de semana que vem – ele sugeriu.
– *Mostrar* – ela corrigiu. Depois sorriu de volta, mas sacudiu a cabeça para os lados, já considerando e descartando a possibilidade e pensando de novo e tornando a descartar a possibilidade de se livrar do trabalho. – Não vou poder. Eu trabalho...

James se endireitou ainda mais e se virou para ficar de frente para ela, colocando o braço no encosto do banco. Sua mão ficou mais próxima do braço dela. Ele ergueu os dedos, como se fosse tocá-la, mas não o fez. O coração de Luiza acelerou. Qualquer possibilidade de contato físico era uma faísca.

– Você não pode *trabalha*... trabalhar... outro dia? Eu tenho de ir a Lisboa conversar com a diretora do filme em duas semanas. Você pode trabalhar no outro...

Luiza sentiu, pela primeira vez, uma mistura incômoda de desejo e irritação. Era óbvio que adoraria ir a Kew Gardens com ele no fim de semana, mas remarcar compromissos de trabalho não era tão simples.

– Eu trabalho todo fim de semana, James – ela interrompeu, mais seca do que pretendia. – Se eu não trabalhar no sábado, tenho de transferir para um dia da semana e isso complica a minha vida. No domingo, tenho de fazer traduções e revisões.

Ele franziu as sobrancelhas com uma leve impaciência.

– *Todo* fim de semana? – indagou – Ninguém trabalha *toda* a semana e *todo* fim de semana. Você não tem folga? Você *diz* que *trabalha* ontem com os seus ex-patrões. Tudo bem se não pode sábado, então. E domingo? Você *faz* traduções e revisões o dia todo?

Luiza suspirou, sentindo a irritação se alastrar.

– Eu tiro folga quando alguém cancela. E, sim, tenho de fazer as traduções e revisões no domingo porque estou aqui hoje, trabalhando com você e passeando no Hyde Park, quando devia ter voltado para casa para não atrasar ainda mais o documento que preciso entregar.

Os dois ficaram alguns momentos em silêncio, que já não era mais confortável, até que ele disse:

– Você sabe que quando as pessoas trabalham sem parar elas *burn out*?

Luiza não respondeu, com medo de ser rude, e ele voltou a tamborilar no telefone, enquanto se perguntava:

– Como é *burn out* em português?

– Pifar – Luiza traduziu, seca e irritada. James ergueu os olhos para ela, que completou, antes que ele dissesse algo que a irritasse mais – Eu sei *bem* o que é estafa de trabalho, James, e pode ter certeza de que a minha intenção não é *pifar*. Aliás, eu não posso me dar ao luxo de pifar, ou de ficar doente e não poder trabalhar.

– Mais uma razão para parar, de vez em quando. Os teus ex-patrões são legais, você diz que eles te deixam morar no apartamento sem *paga*... pagar aluguel. Então, você economiza sem trabalhar desse jeito.

Agora ele mergulhara em águas perigosas. Luiza se virou para ele, pousando o braço sobre o encosto do banco, como ele fizera, e o encarou. A irritação estava estampada em seu rosto e no seu tom de voz.

– E quanto você acha que eu ganho na agência e nos freelas? Quanto você acha que sobra depois que eu mando dinheiro para a minha família? Quanto você acha que custa ajudar a minha mãe e manter o meu irmão na faculdade?James a encarou de volta, um micro sorriso nos lábios típico de quem subestima algo por nunca ter vivido aquela experiência.

– Eu só pergunto se o seu ritmo de trabalho não vai... qual é a palavra... ser ruim pra sua saúde.

Luiza deu um riso sarcástico, depois se virou para o monumento. E sentiu os dedos dele tocarem de leve seu braço, sobre o casaco de náilon. Para impedir que o toque dele tivesse alguma influência sobre seu comportamento, ela se levantou e se ajeitou.

– Obrigada pela preocupação, James, é muito gentil da sua parte – falou, formalmente. – Mas eu realmente tenho de terminar a tradução hoje e está ficando tarde...

– São quinze para as seis – ele cortou, sem se levantar do banco. – Vamos ao café na beira do lago? Depois eu levo você em casa. Você chega antes de sete e meia, *promise*. Prometo.

Luiza se voltou para ele, de repente, absurdamente irritada com a condescendência dele. A absoluta falta de noção a deixava apoplética. E as palavras saltaram da sua boca.

– Talvez você não saiba o que é a vida de um brasileiro como eu aqui em Londres, James. Não só a vida de um brasileiro aqui, que é uma ralação insana, mas a vida de um brasileiro de classe média baixa ou de um brasileiro pobre, que luta pra colocar comida na mesa e manter os filhos na escola. Eu sei que essa não era a vida que você levava no Rio e, definitivamente, não é a vida que você leva aqui. Mas o fato é que a gente não tem a opção de levar uma vida *saudável* ou de não "*burn out*". O fato é que, querendo ou não, a gente tem de ralar muito e *pifar* é só um dos milhares de efeitos colaterais.

Embora ele tenha mantido a postura relaxada de antes, o braço no encosto do banco de ferro, os olhos dele sombrearam. A cor azul da íris se tornou cinza, as sobrancelhas se uniram uma fração. Foi o suficiente para ela entender que ele também começava a ficar irritado. Porém, em vez de se contrapor, James escondeu a irritação melhor do que ela. Ele sorriu, menos radiante do que costumava, disse:

– *All right, then*. Certo, não quero te *atrapalha*. – E se levantou do banco, devagar, se movendo com deliberação estudada. – Vamos embora...

Luiza sorriu de volta, mais por educação do que por vontade, e interrompeu:

– Você não precisa me acompanhar. Aproveita que ainda é cedo e toma um café por mim à beira do lago. Deve estar muito agradável a essa hora.

Seu tom soou sarcástico e ela se arrependeu da indelicadeza.

James assentiu, depois inclinou a cabeça de leve, e ia dizer alguma coisa, mas desistiu e tornou a sorrir, simpático.

– Tem razão. Terça, então, às cinco e meia?

– Cinco e meia – ela confirmou. – Obrigada pelo passeio.

– Bom trabalho – ele respondeu, parado, as mãos nos bolsos, olhando ela dar meia-volta e retornar para a Exhibition Road.

Luiza retornou para casa, andando a passos largos e rápidos. Sua cabeça fervilhava, seu peito estava quente embaixo do casaco e do cachecol.

Sim, ela tinha de terminar a tradução. *Sim*, ela trabalhava todos os dias. *Sim*, ela estava exausta e não tirava *dias* de folga, tirava *horas* de folga. *Sim*, ela não trabalhava assim porque gostava de ficar exaurida, mas porque, além de se manter, tinha uma família que dependia da ajuda financeira dela. *Sim*, ela precisava trabalhar daquele jeito mesmo com a ajuda generosa dos ex-patrões. *Não*, ela não morava em Chelsea porque tinha condições financeiras para tal, mas porque sua dedicação, sua confiabilidade, sua competência, a aproximaram desse casal milionário, que, além de generoso, reconhecia o valor do seu trabalho e do seu esforço. E *n*ão! Ela *não* podia se dar ao luxo de tomar café à beira do lago no Hyde Park como se estivesse com a vida ganha!

Luiza marchava pelas ruas que levavam à King's Road, reafirmando suas certezas. A cada passo, a sua primeira impressão sobre James, de um jovem carismático, inteligente e talentoso, se transformava em algo menos glamouroso. A insistência no passeio a Kew Gardens mostrava o quanto ele ignorava sua real necessidade de cumprir com os compromissos de trabalho. Claro que ele podia escolher no que gostaria de trabalhar, que filme, série ou peça fazer e quando. Quem é rico o suficiente para morar em uma casa em Chelsea, pode se permitir escolher os dias que quer ou não quer trabalhar. Quem, como Ana Maria dissera, nasceu e cresceu – e ainda vive – em "berço de ouro", não precisa escolher entre mandar menos dinheiro para a família ou comprar uma bota nova porque a sola da sua estragou.

O mais irritante não era o fato de ele ser jovem e rico. O mais irritante era o fato de ele não entender que a absoluta maioria da população do planeta era literalmente escrava do trabalho, não trabalhava no que gostava ou sonhava, pelo contrário, trabalhava em condições precárias, e tinha que trabalhar até depois da aposentadoria para sobreviver!

Quando passou pelo pub na esquina da rua de James, a irritação atingiu o ápice.

Quem era aquele *garoto* para questionar a forma como ela gerenciava sua vida?

Luiza atravessou a rua estreita correndo e seguiu em direção a seu apartamento. Deu uma olhada de soslaio para o supermercado chique do outro lado da King's Road. Tinha considerado a possibilidade de comprar um doce ou um frango assado, que adorava, mas seguiu em frente. Era caro. Seu irmão precisava de um tênis novo e sua mãe tinha que trocar aquela geladeira velha antes que queimasse de vez.

E se deu conta de que James, na pressa de sair, não havia lhe entregado o pagamento daquele dia.

Luiza suspirou e diminuiu a velocidade dos passos. Ela pegaria o pagamento na próxima leitura. Reconsiderou, pela milionésima vez, se devia continuar trabalhando com o ator. A atitude dele não deveria pesar em sua decisão. Ela precisava do dinheiro. Mas também precisava impedir que as opiniões dele a deixassem perturbada daquele jeito.

Enquanto se aproximava da porta de casa, procurando a chave dentro da bolsa, se lembrou do jardim das azaleias de Kew Gardens. Ela visitara o jardim botânico assim que chegara à Inglaterra e adoraria voltar lá de novo.

Mas era impossível.

Ela abriu a porta e entrou, trancando a fantasia de passear no jardim das azaleias com James Drummond do lado de fora.

***

Depois de tomar um banho e preparar um lanche, Luiza se sentou em frente ao laptop para trabalhar na revisão. Afastou as imagens de James da cabeça, se desconectou das emoções tumultuadas e se concentrou no texto à sua frente. Ia começar a digitar quando o celular tocou. A foto da mãe apareceu na tela, em uma chamada de WhatsApp.

– Oi, mãe, tá tudo bem? – indagou, ansiosa. Era raro Luiza atender a alguma chamada da mãe sem pensar que podia ser uma notícia ruim.

– Oi, querida, tá tarde aí? Tô te interrompendo? 'Cê tá trabalhando, filha, eu posso ligar depois – ela falou, a voz tranquila.

Luiza recostou na cadeira, aliviada, se afastando do laptop.

– Tudo bem, posso falar. Como estão as coisas?

A mãe, Manoela, falou um pouco de tudo. Contou que Léo estava bem, estudando e trabalhando; que a tia Marina estava morando com ela por causa de *outra* desavença com o marido; que o salão estava indo bem e que uma nova cabeleireira ia se juntar à equipe, dar uma levantada no astral e uma repaginada no visual das clientes; que vó Ziza tinha mandado um beijo e que o tratamento de varizes do vô Tonho estava indo bem. E Luiza respondeu às perguntas corriqueiras que as mães fazem: se estava dormindo bem, se estava comendo direito, se Chico e Tom estavam bem, se tinha conseguido terminar a tradução da semana anterior, se tinha resolvido o problema do visto.

Luiza respondeu a tudo como qualquer filha que não quer preocupar a mãe faria: sim, dormia a noite inteira, o que era verdade, pois estava sempre exausta; continuava comendo sanduíche no almoço, pois era o hábito na Inglaterra, mas jantava bem; que os ex-patrões estavam animados com a mudança para Tóquio, omitindo a antecipação da viagem, pois estava cansada demais para explicar a história toda. Generalizou que tudo estava bem no trabalho e, finalmente, foi o mais vaga possível em relação ao visto, que não tinha perspectiva de solução.

Depois das preliminares usuais entre as duas, a mãe fez uma pausa diferente, que Luiza conhecia bem. Alguma coisa a estava preocupando e, embora não fosse questão de vida ou morte, era importante. Deu à mãe o tempo de que precisava para introduzir o assunto.

— Então, filha, que bom que está tudo bem — Manoela prosseguiu. — Mas eu preciso te pedir uma coisa e só estou pedindo porque não tenho a quem recorrer. Você sabe que sua tia está nessa situação com o marido e tendo que cortar um dobrado depois que perdeu o emprego. E o que o seu irmão ganha mal dá pra ele...

— Mãe — Luiza interrompeu, carinhosamente. — Não precisa explicar. De quanto você precisa?

— Ai, filha, você já faz tanto sacrifício, meu coração fica apertado só de pensar...

— Mãe — ela interrompeu de novo, paciente, mas sabendo que Manoela não iria parar de pedir desculpas. — Eu já falei que consegui um trabalho novo. De quanto você precisa? Fala.

Manoela respirou fundo.

— É que o cano de água que vai da rua até o salão arrebentou hoje de manhã. O Dico falou que vai ter de quebrar tudo, que tá tudo podre, que aqueles canos têm pra lá de quarenta anos.

— O Dico, mãe? Ele é gente boa, mas não é encanador...

— O Dico já começou a quebrar, Luiza. E vai dar desconto no serviço, mas os canos a gente têm de comprar, pra ontem! Se fosse só cano, eu parcelava no Seu Almeida, mas a gente vai ter de trocar a bomba d'água e o aquecedor.

Luiza suspirou. O salão era simples e funcionava naquele bairro antes mesmo de Luiza nascer. Manoela conhecia a rua inteira e dependia daquela clientela para viver, pois, ao longo dos anos, salões maiores e mais bem equipados haviam sido abertos ao redor e a competição já era um problema.

— Tudo bem, o Dico pelo menos tem boa vontade e é honesto — falou, sabendo que não adiantaria insistir para que Manoela contratasse um profissional qualificado. — De quanto você precisa?

O valor não era absurdo, mas era alto o suficiente para Luiza levar um susto.

– O problema – a mãe disse – é que a gente precisa dar a primeira parcela amanhã.

– Amanhã?! – Luiza exclamou. Ela passou a mão no cabelo, agoniada. Não tinha aquela quantia na conta e seu cartão de crédito já estava no limite, pois era final de mês e o próximo salário só entraria na outra semana. – O Dico não pode...

– Não é o Dico, é o material. Mas se você não tiver, a gente dá um jeito aqui. Tudo tem jeito nessa vida!

Luiza se lembrou de que James havia se esquecido de pagar o trabalho daquele domingo, que havia se prolongado para muito além das duas horas combinadas. Se ela tivesse recebido hoje, complementaria com o que tinha no banco e faria a transferência durante o almoço.

– Eu mando amanhã, pode deixar.

– Ai, filha, isso não vai te atrapalhar muito, não? Eu não queria te pedir isso. Se for atrapalhar, me diz, pelo amor de Deus.

– Mãe, eu vou transferir amanhã na hora do almoço. Me passa a conta bancária da loja. Não quero você tirando essa quantidade dinheiro em espécie com esse golpe de *saidinha de banco* aí.

Manoela se desculpou por mais algum tempo, culpada por estar demandando mais esse sacrifício da filha, mas só o que Luiza conseguia pensar agora, com o estômago se contorcendo de nervoso, é que precisaria ir à casa de James *agora* e pedir a ele para lhe pagar as horas que trabalhara neste domingo.

***

Eram quase nove horas da noite quando Luiza tocou a campainha da casa de James. Estava com a cabeça baixa, as mãos úmidas de nervoso enfiadas nos bolsos do casaco, mudando o peso de um pé para o outro. Sentia uma mistura de desconforto e constrangimento, difícil de administrar.

Ela havia perguntado a James, por mensagem de texto, se ele poderia lhe pagar o trabalho daquele dia ainda hoje, sem entrar em detalhes. James respondeu que sim, pediu milhões de desculpas pelo esquecimento e se ofereceu para levar o dinheiro à casa dela imediatamente. Luiza achou melhor ir buscar e acabar logo com aquela situação embaraçosa.

James abriu a porta já dando um passo ao lado para ela entrar. Luiza viu que ele não tinha nenhum envelope ou dinheiro nas mãos. Ele vestia uma calça de moletom preta, uma camiseta azul-escura e estava descalço.

– Muito obrigada, James – ela disse, sem se mover de onde estava. – E desculpe mais uma vez te perturbar a essa hora.

– Eu é que *pede* desculpas. Entra, por favor – ele insistiu, fazendo um gesto com a mão.

– Eu espero aqui mesmo... – ela disse, ainda mais sem graça. O calor da calefação a alcançou.

– Tá frio – ele disse, sorrindo. – Eu não vou *deixa* você do lado de fora. Entra. Um minuto.

Luiza não teve escolha. Deu dois passos para dentro, enquanto James fechava a porta às suas costas e caminhava rapidamente em direção à cozinha, onde costumava deixar a carteira. Ele pegou um envelope retangular encostado no vidro alto de macarrão.

– Eu *quis consegue* seu endereço – falou, estendendo o envelope com o dinheiro para ela, que o pegou e enfiou no bolso do casaco, que não tinha chegado a tirar. – E *manda* um *text* para Ana Maria, mas ela não *abre* e o telefone dela não atende. Eu não queria *atrapalha* teu trabalho, mas eu *pensa* que você *pode precisa* do dinheiro e em *call* ou *text*... mas você tava tão... *upset*... Desculpe se fui *offensive*. Eu falo as coisas e nem sei se *sou*... *I mean, what's the word*... qual a palavra...

Como ele havia dito, o português de James deteriorara, sinal de que estava mais nervoso do que parecera à primeira vista. O constrangimento era mútuo, mas por razões diferentes. Luiza não conseguia entender, com clareza, o motivo de sua reação excessiva àquela tarde. Agora que tivera tempo de esfriar a cabeça, se sentiu tola e infantil.

James cruzou os braços, a postura insegura, defensiva.

– *Did I... offend you?*

Alguma coisa em James fazia Luiza querer dizer tudo o que passava pela sua cabeça, sem filtros. Queria dizer o que pensava dele. Queria dizer o quanto era difícil manter uma postura estritamente profissional com ele. Queria dizer que a proximidade física a distraía e a excitava. Queria dizer que o sorriso dele a deixava sem palavras. Queria dizer que o cheiro dele a atordoava e ela não conseguia raciocinar. Mas não podia dizer nada daquilo.

– Não, James, você não me ofendeu e eu não estou irritada – e, para sua própria surpresa, Luiza soou ofendida e irritada.

Ele moveu o corpo sem descruzar os braços, como se tentasse decodificar a contradição, e franziu a testa, olhando para ela de lado, meio sorrindo, meio sério, incerto.

– *It seems like I did* – ele disse, percebendo que, sim, a havia ofendido de alguma forma que ela não queria admitir. – Como?

Luiza queria ir embora. E queria ficar. Na dúvida, fez um movimento desajeitado de se virar para a porta e parou. Ao se dar conta disso, ela redobrou a rigidez da postura e disse, o mais firme, educada e formal que conseguiu:

– Eu é que me desculpo por vir a esta hora te incomodar. Não aconteceu nada e eu não fiquei ofendida com você. Eu só precisava voltar ao trabalho e, às vezes, a pressão me faz ficar ansiosa. Eu gostaria de ter ido até a beira do lago ver o pôr do sol com você, mas não podia.

– Eu sei – ele murmurou, os olhos fixos no rosto dela, na boca dela, os lábios vermelhos partidos e a respiração levemente alterada. Ele deu um passo à frente e descruzou os braços, mas, sem saber o que fazer com as mãos, enfiou-as nos bolso da calça de moletom. – Eu fui e *agradece* a você pelo *sunset*... o pôr do sol... Você sempre chega no pôr do sol...

As faces de Luiza ficaram quentes. Dentro de seu casaco de náilon fechado, seu corpo fervia e ela não sabia se era o efeito da calefação ou da proximidade, das palavras, dos olhos dele sobre ela.

James deu mais um passo, com cuidado, como se ela fosse um pássaro que ele quisesse tocar, mas estivesse prestes a sair voando.

– *I remember*... – ele prosseguiu, a voz rouca sussurrando entre os lábios. – Eu *lembra* do pôr do sol da pedra do Arpoador. O vento... a areia quente da praia. A água... *clear... transparent*...

Era como se ele estivesse revivendo as lembranças e sensações naquele instante e deu outro passo em direção a ela. E o corpo dela reagiu à proximidade, magnetizado, mergulhado no timbre daquela voz grave, sussurrada.

– *Golden*... a sua pele no sol... *is like gold*... é dourada, é como ouro...

As mãos de Luiza deslizaram de dentro dos bolsos e, sem que sua cabeça impedisse, se moveram em direção a James. Seus olhos exploraram os nichos e ondulações dos músculos dos ombros dele, sob a luz fraca da luminária, e sua pele registrou o calor e o perfume masculino, o banho ainda guardado nos poros.

Mais um passo e os lábios dele se encaixaram em seu pescoço, a língua quente experimentando seu gosto e subindo rumo ao lóbulo da orelha, enquanto ela inclinava o rosto e sua mão se misturava ao cabelo preto dele, enquanto a outra se infiltrava no moletom, sentindo as covinhas da musculatura firme da base da coluna.

Quando suas bocas se encontraram, o ritmo do beijo foi um uníssono perfeito. Os movimentos dos dois para se livrarem do casaco, da camiseta, da blusa de malha de lã, do moletom, não eram tímidos. Ele voltou a explorar seu pescoço e desceu até envolver seus seios com os lábios e com a outra mão, a língua e a ponta dos dedos brincando com seus mamilos; ela deslizou a mão das costas para o espaço entre eles, envolvendo o volume rígido dele ainda contido pela calça. A respiração dos dois se agitou, pesada, ofegante.

James manobrou seu corpo de forma a alcançarem o sofá. Com um gesto impaciente, ele jogou as pilhas de papéis no chão. Suas mãos abaixaram a calça e a calcinha dela, depois ele se ergueu para olhar a extensão do que desnudava. Seu braço alcançou alguma coisa na mesa de centro e ele colocou o preservativo, antes de sua boca descer sobre seu púbis. O corpo inteiro de Luiza vibrou ao sentir os lábios dele. Quando a sensação ficou insustentável, ela agarrou seus ombros e o puxou para dentro dela.

Os dois gemeram ao mesmo tempo. A boca dele se afundou em seu pescoço. Uma ardência inesperada a fez ajeitar o quadril, para acomodar o tamanho a que não estava habituada. E ele entrou mais fundo, movendo-se com uma cadência maior. Seu corpo estremeceu, suas mãos apertando os braços dele com força, e ele se ergueu outra vez, sem parar de se mover, para olhar seu rosto.

Eles fixaram os olhos um no outro, a cadência dele acelerando e o quadril dela se elevando para que ele mergulhasse ainda mais, até que ela conteve a respiração, o corpo se colou instintivamente ao dele, e seus olhos se apertaram, sentindo as ondas reverberarem e reverberarem e reverberarem. E enquanto ainda reverberavam, o movimento dele acelerou mais, firme e intenso, até que ele parou, ofegante, e ficou respirando pesadamente no pescoço dela.

Antes que a onda de prazer tivesse se extinguido, Luiza acariciou a nuca tensa dele, os olhares ainda fixos no rosto um do outro. Ele ficou dentro dela enquanto respirava pesadamente, as sobrancelhas unidas, os ombros tensos. Ela cruzou a perna sobre o quadril dele, como uma demanda silenciosa para que continuasse assim. Ainda sentia cada centímetro da pele dele contra a sua. Suas mãos registravam cada curva daqueles músculos esculpidos em mármore. Seu ventre ainda registrava o calor intenso e a ardência no meio de um oceano úmido.

Sem se afastarem, James fechou os olhos e tocou seus lábios com a boca entreaberta, a respiração se misturando com a dela. Luiza o beijou de volta e, enquanto as línguas se exploravam, ele começou a se mover de novo. A sensação que ainda ecoava dentro dela retornou, ávida, enquanto ele se movia e a ardência denunciava que ele estava pronto outra vez. Surpreendida com a intensidade do desejo que reacendeu, súbito e incandescente, ela cruzou a outra perna sobre o quadril dele e o pressionou ainda com mais força contra si.

CAPÍTULO 4

Depois de ter chegado meia hora atrasada na agência literária pela primeira vez desde que começara a trabalhar ali, Luiza ainda teve de sair correndo, na hora do almoço, para fazer o depósito e a transferência para a mãe. A fila do banco não andava, cheia de brasileiros que queriam fazer o mesmo: enviar dinheiro para suas famílias. Eles conversavam alto, animadamente, em português, enquanto a cabeça de Luiza fervilhava.

Primeiro, não devia ter transado com James.
Segundo, não devia ter transado com James *de forma alguma*!
Terceiro, o que deu nela para transar com James?!

A autorrecriminação martelava seu cérebro desde que acordara no sofá da casa dele, os dois despidos e aconchegados um no outro, sob um lençol que ela não se lembrava de onde surgira. Ela dormira tão profundamente nos braços dele que, quando acordou, teve certeza de que estava sonhando.

Os cabelos pretos, anelados e macios de James contra seu rosto; o braço dele em volta de sua cintura; as pequenas sardas cor de ferrugem espalhadas na pele muito branca dos ombros. Ela havia fechado os olhos novamente, certa de que estava em sua própria cama, mergulhada em um sonho, e se deixara ficar naquele ambiente enevoado, a luz fria e azulada do alvorecer atravessando a fresta da cortina...

Até que um carro passou na rua e deu uma buzinada.

Luiza não conseguia recordar a exata sequência de eventos que se seguiram.

De repente, ela estava de pé, enrolada no lençol no meio da sala bagunçada, pisando nos papéis que James jogara no chão, tropeçando nos móveis atulhados, procurando suas roupas. James despertara sobressaltado e olhava para ela, em silêncio, como se também duvidasse de estar acordado. Ela saindo porta afora, apressada, segurando o casaco em frente ao peito, pois não dera tempo de fechá-lo com o zíper, e ouvindo a voz de James perguntar se estava tudo bem, se não queria comer alguma coisa, tomar um banho lá e ir direto para o trabalho. Ela andando, quase correndo, pelas ruas já movimentadas. O chuveiro voado, uma blusa qualquer no armário, o relógio dando oito e quinze. Luiza ciente de que o ônibus estava passando naquele momento e que o próximo levaria quarenta e cinco minutos para levá-la ao centro. Ela no táxi, presa no engarrafamento, economizando preciosos quinze minutos de atraso, mas gastando preciosas vinte e cinco libras.

O assistente de um dos agentes literários da agência cobrira a meia hora de atraso dela, que iria compensar o tempo perdido ao fim do expediente. Ninguém a repreendeu, mas Luiza não parava de se desculpar. Ela não podia perder aquele emprego. E já se imaginou atendendo o público em algum pub ou restaurante, em horários que dificultariam ainda mais seus outros freelas. Seguiu trabalhando, febril, para compensar o furo e assegurar os agentes que suas responsabilidades estavam sendo cumpridas. Ocupadíssimos, ninguém deu importância, mas o peito de Luiza estava apertado.

As mãos de James em sua pele. Ela atendeu uma ligação da Irlanda e, por causa do forte sotaque do outro lado, não conseguia entender com quem a moça queria falar. Os lábios vermelhos em seu pescoço, a língua brincando com seu mamilo. As palavras, mesmo soletradas, eram difíceis de distinguir, e as duas riram, Luiza pedindo desculpas de um lado, e a moça dando gargalhadas do outro. Ele a conduzindo até o sofá e jogando as pilhas de papéis no chão. Uma assistente do departamento financeiro, irlandesa, veio socorrê-la, falou com a moça e passou a ligação para o agente certo. O peso de James sobre seu corpo, a ardência e o deslizar dele dentro dela. Ela atendeu outra ligação, excitada, molhada...

Luiza sentiu as pernas trêmulas quando deu mais um passo na fila lenta que levava ao caixa do banco. Só faltava uma pessoa para que fosse atendida. Checou o relógio outra vez: tinha dez minutos. Os ombros de James salpicados de sardas. Ela conferiu o relógio de novo. A senhorinha à sua frente batia um papo amigável com o rapaz do caixa, enquanto realizava a transação. Luiza cruzou os braços, impaciente. A luz fria da manhã, enevoada e irreal, envolvendo seus corpos despidos sob o lençol. A senhorinha finalmente foi embora e Luiza deu um passo adiante, para fazer o depósito.

Depois de, literalmente, correr de volta para a agência sem ter almoçado, Luiza engoliu um sanduíche frio enquanto empacotava cinco caixas de livros para o evento em Berlim. O celular vibrou ao seu lado. JAMES DRUMMOND. Ela desbloqueou a tela principal e leu as duas mensagens sem abri-las: "Espero que *chega* a tempo" e "Me liga quando *tem* um *break*". Seu estômago esquentou e o coração disparou.

Não, não, não.

Não abriu o aplicativo, de modo que as mensagens dele permaneceram marcadas como não lidas.

***

Chegou em casa tarde, depois de ter ficado trabalhando duas horas além do horário, não só para compensar o atraso, como para distrair a cabeça e evitar as imagens e as impressões físicas da noite com James. Não respondera nem abrira as mensagens dele. Viu que a mãe lhe mandara um monte de *emojis* de beijos com corações.

Antes de se retirar para seu apartamento, Luiza deu um pulo na sala, onde Chico e Tom assistiam a um filme, e lhes deu um "boa noite" rápido. Quando entrou no banho, deixou a água quente bater em sua nuca por vários minutos, tentando relaxar a musculatura tensa e dolorida dos ombros.

Não, não, não.

Ela tinha de responder às mensagens de James ou ligar para ele. Um lado dela o desejava tanto que chegava a doer; o outro se recriminava e racionalizava e tentava encontrar uma saída honrosa para o desastre. Agora que sua cabeça estava desocupada do trabalho, as imagens da noite anterior retornaram com toda a força. A intensa excitação a deixou inundada, querendo pegar o telefone e ouvir a voz dele e correr para a casa dele e sentir sua boca, seu peso, seu cheiro, suas mãos...

Luiza fechou o chuveiro, puxou a toalha com força e se secou vigorosamente, trêmula e irritada, excitada e ansiosa, sensações que não conseguia conciliar. Vestiu o pijama de flanela e foi para a sala. Não estava com fome, mas tinha de comer, então, enfiou uma lasanha congelada no micro-ondas e ligou a televisão para distrair a cabeça.

O celular tocou ao seu lado, mais uma vez.
JAMES DRUMMOND.
Ela não atendeu.

***

Quando James abriu a porta, na terça-feira, às cinco e meia, horário marcado para a leitura do roteiro, estava sério. Seus olhos não eram duros. Não era raiva que Luiza via neles, era uma pergunta. Uma pergunta que ela não sabia como responder.

Ele estava vestido de forma diferente: calça jeans preta, botas pretas, camisa de tecido cinza-escuro. Pareciam roupas de uma grife muito cara. O cabelo normalmente despenteado estava desarrumado, mas de maneira estudada. Parecia que ele havia acabado de chegar de uma sessão de fotos para alguma revista de celebridades.

Luiza, como sempre, vestia o terninho bege. E, diante dele, mais *hype*, charmoso e sexy do que nunca, ela se sentiu uma velha cafona.

James deu um passo ao lado para ela entrar, sem que os dois tivessem dito nada. Nem o prosaico "Oi, boa noite" parecia adequado naquele momento.

Ele ligara naquele dia de manhã; ela continuara não atendendo. Ele deixara outra mensagem no aplicativo; ela não abrira. Luiza tinha consciência de que seu silêncio era rude e cruel, mas simplesmente não sabia o que dizer, nem o que fazer.

Ela, que se considerava tão destemida, racional e pragmática, acabava ser apresentada ao seu lado vulnerável, emocional e imaturo. Embora tivesse, mais uma vez, decidido que iria parar de trabalhar com James e comunicar essa decisão por telefone, zap ou e-mail, não conseguiu. E lá estava ela, constrangida e muda, diante daquele jovem que a questionava silenciosamente e cuja proximidade a deixava sem ar.

Ao entrar na casa, Luiza se deparou com a ilha da cozinha desocupada. Os potes de vidro com mantimentos estavam alinhados e arrumados. A bancada da pia reluzia sob a luz indireta atrás do armário. A sala de estar também havia sido arrumada. As pilhas de papel haviam desaparecido, os objetos decorativos estavam expostos solitariamente nas prateleiras da estante, os livros estavam alinhados. No sofá, só havia um punhado de almofadas.

Arrumada, a casa de James lhe pareceu ainda mais cara e refinada, com detalhes que ela não havia reparado antes: uma pintura original de Paul Klee emoldurada na parede atrás do sofá; uma orquídea delicada na mesa de canto, perto da luminária acesa; livros de fotos sobre o Brasil empilhados na mesa de centro, ao lado de uma caixa entalhada de madeira.

O gesto de James tirando a calça e a calcinha de Luiza e se erguendo para olhá-la, depois se abaixando para beijar seu ventre, enquanto o braço alcançava aquela caixa entalhada de madeira, se reproduziu em sua mente. Luiza se flagrou com os olhos fixos na caixa, o silêncio entre eles ainda mais ostensivo.

– Quer um café? – James indagou, fechando a porta e quebrando a imobilidade que o silêncio havia imposto. Ele caminhou em direção à cozinha, passando por trás dela, sem se oferecer para ajudá-la a tirar o casaco.

Luiza permaneceu onde estava, se reapropriando de sua presença de espírito e de sua voz.

– Não, obrigada – conseguiu dizer.

Ele seguiu em frente, puxou um dos bancos altos da ilha da cozinha e se sentou nele, apoiando as botas nas travas.

– Eu achava que você não *vem* – falou, tenso.

Luiza abriu o zíper do casaco de náilon, sem encará-lo, depois o tirou e pendurou no corrimão da escada. Em seguida, se sentou no canto do sofá, onde costumava iniciar a leitura. Não havia roteiros à vista. Ela se inclinou para frente e se apoiou nos cotovelos. Depois, passou as mãos no rosto, no cabelo.

– James... – começou a dizer, mas as palavras que havia ensaiado, *"não vou poder prosseguir com o trabalho"*, se desintegraram em seu cérebro. – O que aconteceu no domingo...

Ele permaneceu em silêncio e ela continuou olhando para as próprias mãos. Seu coração parecia ter se deslocado no peito e se ressentia do desconforto, batendo forte e descompassado.

– Aquela pessoa... não sou eu – ela completou.

O silêncio dele pairava como névoa ao redor deles, e ela não sabia se iria clarear ou se transformar em chuva. James estava resguardado, defensivo, e não a ajudava a traduzir a situação.

– Eu nunca... – Luiza prosseguiu e se interrompeu ao ouvir o *cliché* prestes a saltar de sua boca. De fato, ela nunca havia transado com um homem que mal conhecia. Ela nunca havia se deixado levar daquele jeito. Ela nunca se sentira tão irracionalmente atraída por ninguém. Mas isso não explicava nada.

A quietude da casa se fez presente mais uma vez. Os pequenos ruídos da noite – um grilo, um silvo de pássaro noturno, o farfalhar das folhas varridas pelo vento na calçada – se infiltraram no espaço arrumado e menos atordoante da sala.

– Eu não posso... – ela prosseguiu, tentando encontrar uma linha de raciocínio. *Não posso me envolver. Não posso me apaixonar. Não posso perder o controle*, ela pensou, mas não verbalizou.

– Não pode o quê? – ele indagou, sem alterar o tom de voz.

Luiza se voltou para ele e o encarou. A expressão dele, séria e questionadora, a deixou tímida como uma adolescente inexperiente, incapaz de discernir e nomear suas emoções.

– James, não posso.

– *I don't get it* – ele disse, um toque irônico transparecendo na entonação controlada – Eu não *entende*: o que *exactly* você não pode?

Antes que ela conseguisse abrir a boca e responder, ele saltou do banco como um gato e veio se sentar sobre a mesa de centro, em frente a ela, tão próximo que seus joelhos se entrecruzaram. Ele a encarou intensamente, os olhos azuis contrastando com os cílios e as sobrancelhas pretas, a pele muito branca. Luiza ficou paralisada, a respiração presa na garganta, as mãos geladas e emboladas uma na outra.

– *Don't tell me what you can't do* – ele demandou, seu hálito morno contra seu rosto. – *Tell me what you want.*
O que ela não podia fazer? O que ela queria? ele perguntava.
Você, ela respondeu, em sua cabeça.
Mas o que saiu de sua boca foi:
– A Ana Maria me passou o contato de uma roteirista brasileira que pode continuar a passar o texto com você. Ela disse que pode começar na quinta-feira, neste mesmo horário. Nos mesmos termos.

James se endireitou, reclinando o corpo para trás, o questionamento ainda impresso em seu rosto. Ele desviou o olhar, recolheu as mãos que haviam se aproximado de suas coxas, depois se levantou outra vez. Com a mesma agilidade de antes, ele se desvencilhou das pernas dela e deu alguns passos em direção à estante.

Luiza aproveitou para se levantar também, contornar o sofá e se dirigir para a escada. Ela vestiu o casaco, com um peso no peito e a sensação de que, se não saísse naquele instante, iria sufocar.

– *Why?* – ouviu James murmurar, do outro lado da sala.
Ela não sabia o porquê.
– Desculpe – murmurou de volta, dando uma olhada rápida na direção dele enquanto abria a porta, saía e a fechava atrás de si.

E parou do lado de fora, respirando fundo várias vezes, buscando o oxigênio que seus pulmões não estavam conseguindo absorver. Sentiu a garganta apertar, mas se controlou.
Não posso.
E, enquanto caminhava de volta para casa, tentando aliviar a pressão no peito, pensava:
É melhor assim. Tudo vai voltar ao normal. É melhor assim.

* * *

James a alcançou quando subia os degraus que levavam à porta de casa. Ele estava ofegante, as faces vermelhas por causa da corrida e do vento frio da noite.

– *That's not enough* – ele disse, a respiração condensando em uma nuvem breve quando falava. – "Desculpe" não basta. Eu *precisa* que me *diz* por quê.

Assustada, Luiza se voltou, com a chave na mão. Antes que pudesse dizer alguma coisa, ele disse:

– Eu não quero *trabalha* com outra pessoa. Eu quero você. Não é só trabalho. Eu quero... *você*.

Luiza precisava entrar, precisava que ele fosse embora *imediatamente*, precisava colocar uma distância bem grande entre eles, precisava esquecer o que acontecera, antes que fosse tarde demais. Sem encontrar justificativa que fizesse sentido, ela ficou em silêncio, enquanto James dava passos em torno de si mesmo, agoniado.

– Tem alguma coisa *errado* comigo? Eu sei que a minha casa é uma bagunça. Eu sou *impulsive*. Eu falo muito. Às vezes, eu falo pouco... Eu... Eu *entra* nos personagens e não sei se *vai* longe demais. Eu *vou* longe demais? Eu *forço* alguma coisa? *Please*. Eu preciso saber.

Ela queria dizer que a impossibilidade não era dele, mas dela; que o problema não estava com ele, estava com ela; que o que parecia tão fácil e óbvio para ele era muito complicado para ela. E continuou muda, incapaz de reagir e ainda mais aflita diante da agonia dele.

– *Jesus Christ. Say something* – James demandou, mas continuou falando, antes que ela pudesse responder. – Fala alguma coisa! Você me confunde. Me deixa... louco. Eu não sei o que *faz* quando estou com você, só sei que... *Look*, eu quero te *conhece* e quero que você me *conhece*. Eu também não quero, não posso ter um... *commitment*... compromisso com ninguém agora... Eu só quero *um* chance de te *conhece*. *Give me one chance. One chance*.

A luz do primeiro piso da casa se acendeu. Luiza sabia que Chico e Tom deviam ter ido para a sala de estar, por causa do barulho. James não falava alto, mas *soava* alto na rua escura e silenciosa.

– James, não é você. Sou eu...

Ele sacudiu a cabeça para os lados, o sorriso irônico, sem humor.
- *Oh no. No.* Não. *Esse* não funciona comigo. Se você não quer *fica* comigo, me diz. *I can deal with it*. Eu posso *lida* com isso. Só me diz: *I don't want you*. Diz que não quer por que não sente nada e vou embora.

A porta se abriu e Tom deu um passo para fora, com Chico atrás dele. Alto e atlético, a presença de Tom se impôs, protetora.

- Está tudo bem, Luiza? - ele indagou, educado e firme, os olhos pregados em James, analisando o potencial de ameaça que o jovem oferecia.

Chico se postou ao lado do marido, com uma postura desafiadora.

Luiza se voltou para os ex-patrões.

- Ah meu Deus, sim, está tudo bem - respondeu, aflita com o mal-entendido. Em seguida, apresentou o ator - Tom, Chico, este é o James Drummond. Eu estou... estava... trabalhando com ele.

James se adiantou para apertar a mão do casal, enquanto Tom e Chico desciam as escadas para retribuir ao cumprimento.

- Olá, boa noite. É um prazer *conhece* vocês - James disse, cordial.

Tom tornou a olhar para Luiza, tentando interpretar a linguagem corporal dela, como se perguntasse: *Você está bem? Ele está te ameaçando de alguma forma?*

Chico apertou a mão de James primeiro.

- Boa noi... *Are you "the" James Drummond?* Meu Deus, é você mesmo? - ele exclamou, de repente, o tom mudando de seco e desconfiado para empolgado. - Você fez aquela interpretação *magistral* do Coriolano, de Shakespeare, no Almeida Theatre!

Tom e Luiza se entreolharam, depois se voltaram para Chico ao mesmo tempo, que apertava calorosamente a mão de James. Por sua vez, o jovem ator olhou para os próprios pés, modesto.

- *Fica* tão pouco tempo em cartaz, não *imagino* que alguém viu - ele respondeu.

Tom ainda estava tenso, a expressão intrigada e fechada. Luiza apertou o braço dele e o assegurou, com um gesto de cabeça e um sorriso, de que estava tudo bem. Só então ele relaxou.

Chico, ainda empolgado, se virou para Luiza.

– Você não me disse que estava trabalhando com *este* ator! – Depois, se dirigiu ao marido – Lembra, Tom? – E se voltou para James novamente – Nós saímos *impressionados* com a sua atuação, com a direção, com o figurino. O conceito! Ah, o *conceito*! Um Coriolano como um político jovem? Nos dias de hoje? Incrível.

James alternava o olhar entre Chico, com um sorriso agradecido, e Luiza, ainda tenso. Tom tomou a dianteira, mais uma vez.

– Por que a gente não conversa lá dentro? Você toma um drink conosco, James?

O ator olhou para Luiza, esperando a reação dela, dizendo:

– Eu não quero *atrapalha*...

Chico não percebeu e, já se postando ao lado de James, o encorajou a entrar.

– Imagina! Tarde? Não são nem oito e meia – ele disse e se voltou para Luiza – Você pode deixar a tradução para amanhã, minha linda, não pode?

Luiza devolveu um olhar pacificador para James e fez um leve sinal positivo com a cabeça.

James sorriu.

***

Chico monopolizou a conversa dali em diante, excitadíssimo por estar diante daquele "novo talento em ascensão". Luiza não fazia ideia de que seu ex-patrão conhecesse mais sobre o circuito de teatro e cinema alternativos do que ela própria. Provavelmente, por que atividades culturais noturnas eram caras e demandavam um tempo de que ela não dispunha: ou estava trabalhando ou cansada demais para sair.

A impressão de ameaça, que fizera Tom tomar a iniciativa de interferir na conversa de James e Luiza na calçada, se desfez em pouco tempo. James, encantador, inteligente e cheio de um humor autodepreciativo, o conquistou sem dificuldade. Os três conversavam animadamente, tomando um vinho tinto "reservado para ocasiões especiais", segundo Chico, enquanto Luiza observava e ouvia mais do que participava.

James fixava os olhos nela com frequência, enquanto contava ao casal detalhes sobre o novo filme brasileiro que iria protagonizar. Parte da história se passava em Lisboa e abordava a relação conturbada de um casal carioca, que havia se mudado para a capital portuguesa e adquirido a cidadania europeia. Era uma produção independente da qual participavam diversos artistas renomados, inclusive uma excelente diretora brasileira. Ele enfatizou a importância de estar trabalhando com Luiza, o quanto a ajuda dela, na leitura e na correção da gramática e do sotaque, estava sendo fundamental em sua preparação.

Tom deu uma olhada de lado para Luiza. Depois, colocou a mão na perna de Chico, chamando a atenção do marido, enquanto pousava sua taça sobre a mesa de centro.

– Chico, a gente tem de ligar para o corretor ainda hoje – disse, já se levantando.

– Mas eu falei com ele... – Chico começou a responder, confuso.

– São seis horas da tarde em Tóquio. É a *hora* que combinamos para mandar as especificações do atelier. A gente não pode perder esse apartamento.

Chico franziu a testa, intrigado, depois a ficha caiu e ele se levantou também.

– Ah! Claro! O *atelier* – e se voltou para James – Mil desculpas, James, mas eu e o Tom temos de resolver o problema do atelier *agora*, ou o corretor vai passar essa joia de apartamento para outro casal. Este é o único apartamento em Tóquio com um quarto extra que pode ser convertido – exagerou.

James se levantou e apertou a mão dos dois.

– Boa sorte! E obrigado pelo vinho. Foi um prazer *conhece* vocês – ele disse, sorrindo. Depois se voltou para Luiza – É melhor eu também...

– Não! Imagina! – Chico e Tom exclamaram ao mesmo tempo.

– Vocês ficam aí, conversando – Chico falou, já se afastando para o interior da casa com Tom – Tem outra garrafa na adega, Luiza. O prazer foi nosso, James. E quero ir à pré-estreia do filme!

– Com certeza. Boa noite – James disse, de pé.

Luiza foi dar um beijo no casal. Tom lhe lançou um olhar encorajador, enquanto Chico tentava conter o riso malicioso.

– Durma bem – ele sussurrou, irônico.

Os dois se retiraram, deixando Luiza e James a sós. O ambiente, até então repleto com a presença alegre de Chico e Tom, de repente, se tornou amplo e silencioso. Algo da tensão que havia entre eles retornou. James permaneceu de pé, sem saber direito o que fazer. Luiza se manteve encostada na mesa de jantar oval, que separava a sala de estar da cozinha.

– Eles são muito legais – James disse, enfiando as mãos nos bolsos da calça.

– Eles são incríveis – Luiza concordou, de onde estava.

O silêncio retornou, incômodo. James não se voluntariou para quebrá-lo desta vez. Luiza se desencostou da mesa e se aproximou um pouco, mantendo uma distância segura.

– Eu não posso parar de trabalhar, James – ela disse. – Eu não tenho folga. Eu não tenho tempo. A minha vida não comporta... Eu não posso me envolver...

James sacudiu a cabeça para os lados.

– Isso é um *awful lot of*... é um monte "nãos"...

Luiza desviou o olhar, ciente de que a insistência de sua negação era uma forma de racionalizar, de controlar um sentimento intenso e pulsante. Ele continuou com os olhos fixos nela, desafiando sua coragem de encarar a verdade.

O lado racional dela argumentava que aquela relação era impossível. Insistia que aquilo nem sequer era uma "relação": eles mal se conheciam. Eles tinham transado uma vez. Nada além. E ele havia deixado claro que também não queria compromisso. Ele era jovem, atraente, e se davam bem na cama. Mas, justamente por ser jovem, era complicado. Além disso, o abismo social entre eles era intransponível.

Porém, o seu lado emocional era um turbilhão: a necessidade de estar com ele; o desejo de explorar cada detalhe do seu corpo, da sua personalidade, da sua história; o medo de ele descobrir que ela era uma fraude como escritora; o risco de ele ter vergonha de apresentá-la aos seus pais e amigos.

– *Right. I get it...* Eu entendi – ele disse, diante daquele silêncio gritante. – Vou embora... – e deu um passo em direção à porta.

Quando James passou ao seu lado, rumo à saída, Luiza estendeu a mão e segurou seu braço, gentilmente. Foi um movimento instintivo, que provocou um estranho alívio em seu coração e calou as vozes dissonantes em sua cabeça.

Ele parou, sem se voltar para ela. Luiza se aproximou mais e tocou, de leve, a pele quente do pescoço dele. Sentiu seus cabelos macios acariciarem seus dedos. Uma corrente elétrica a percorreu por dentro.

– Eu não sei *como*. Não sei se consigo... Não sei...

Ele fechou os olhos e reclinou a cabeça, apertando a mão dela contra sua pele.

– *Please, stop saying no.*

Os dois estavam tão próximos que James só precisou reclinar um pouco mais e seus lábios se encontraram. Luiza o beijou, acariciando sua nuca. Ele a envolveu pela cintura, colou seu corpo no dela e a beijou de volta, em perfeita sincronia. Ela queria, ela precisava, como ele pedira, parar de dizer "não".

CAPÍTULO 5

Depois de abaixar a guarda e as defesas na noite anterior, Luiza escolhera não deixar sua racionalidade se consolidar como uma barreira entre ela e James. A voz da razão continuava presente, porém, menos ostensiva. E viver aquela paixão inesperada e recíproca enfraquecera sua resistência.

Luiza percebera que sua vida precisava deixar de ser uma sucessão de "nãos". Porém, dizer "sim" para James era um risco imenso, um mergulho no escuro, um *leap of faith*...

Mas ela só conseguiu ver James outra vez quase uma semana depois. Como foi impossível trabalhar depois que James foi embora naquela terça-feira, febril de desejo, Luiza não conseguiu terminar a tradução e teve de virar a noite na quarta. Da quinta-feira em diante, ficou até tarde na agência por causa da feira literária. O evento começaria no fim de semana e todos os funcionários trabalharam até altas horas para finalizar os preparativos. Por isso, ela precisou cancelar a leitura do roteiro com James.

James insistira em vê-la na quarta, na hora do almoço, mas foi impossível. Ninguém da agência saiu para almoçar. Na quinta-feira, além de Luiza ter ficado presa por causa do evento, James teve de viajar para Lisboa mais cedo para se encontrar com a diretora, a roteirista e a produtora do filme, que começaria a ser rodado em breve. O financiamento da produção fora facilitado pela confirmação da participação de uma atriz brasileira respeitada para protagonizar o filme com "um dos mais talentosos atores de sua geração", segundo a mídia. A dupla de atores foi fotografada e entrevistada à exaustão.

Embora tenham se falado todos os dias, só conseguiram se ver no domingo, quando James retornou de Lisboa. Luiza tinha de terminar de transcrever e traduzir uma entrevista para um documentário. Ela conseguiu renegociar a entrega do material para segunda-feira à noite. Como a agência havia lhe dado folga na segunda, por conta das horas extras trabalhadas, ela conseguiria fechar a transcrição e aproveitar o domingo com ele.

James passou de carro para buscá-la às onze da manhã. Estava gato, como sempre, com uma camisa de malha grossa terracota, de manga comprida, calça de brim preta e um cachecol em tons de vermelho escuro, marrom e preto enrolado no pescoço. Luiza sentiu seus nervos eletrizados ao captar o perfume masculino, discreto, quando entrou no carro e lhe deu um selinho. Ela ficou um momento a mais com a face colada ao rosto recém-barbeado dele, mergulhada em seu cheiro.

Ele sussurrou, rouco, em seu ouvido:
– Você é tão linda...
Luiza vestia uma saia comprida, azul-marinho, que caía por cima da bota de cano alto, e uma blusa de lã preta, justa, com decote em "V". A *lingerie*, que raramente usava, era estrategicamente sexy, e o sutiã deixava seus seios altos no decote. Fizera uma escova e seu cabelo solto caía em ondas suaves ao redor da face. A maquiagem leve ressaltava os olhos, escondia manchinhas na pele e dava volume aos lábios.

Ela sorriu, tímida, e o beijou de verdade. A boca ardente de James devorou a sua e suas mãos atrevidas avançaram sobre suas pernas. Antes que se empolgassem demais, ele se afastou e segurou o volante, rindo.

– Eu *penso* te levar em Kew Gardens, mas *tem* uma ideia melhor... – ele falou, o rosto quente e tingido de vermelho.

Luiza estava excitada o suficiente para concordar com a "ideia melhor", mas se ajeitou no banco e se recompôs.

– A *ideia* pode esperar um pouco... – ela disse, com um toque de malícia, virando o corpo para ele, enquanto os dedos afastavam casualmente a blusa de um dos ombros e revelavam a renda do sutiã. – Mas acho que a gente devia aproveitar o sol.

Os olhos de James baixaram para os seios dela e seus lábios se partiram, enquanto sua mão se aproximava daquele vislumbre. Luiza deixou que ele explorasse seus seios por cima da blusa, a boca colada em seu pescoço, deixando-a molhada e arrepiada. Ela deslizou a mão sobre a calça jeans dele, cujo volume evidenciava o desejo de prosseguir com a "ideia melhor".

– Você me enlouquece... – ele sussurrou em seu ouvido, o hálito quente provocando ondas em seu corpo inteiro.

Luiza o beijou, afastando delicadamente a mão dele e a redirecionando para o volante.

– Você também... – ela murmurou de volta, roçando os lábios nos dele, sua própria mão desobedecendo a ordem de se afastar e acariciando-o por cima da calça. – Mas quero ir a Kew...

Ele gemeu baixo em seu ouvido, a mão retornando para os seios dela.

– Assim não pode... A gente vai *acaba* preso por... *indecency*...

– Vamos para Kew...

Luiza afastou o corpo e as mãos, resistindo e se endireitando no banco. A presença, o cheiro, a energia dele sobrepunham os seus mais acirrados instintos de autopreservação. Mas antes que ela se deixasse levar e o beijasse de novo, James se endireitou também e se voltou para a direção. Ligou o carro sem olhar de novo para ela, um meio sorriso nos lábios, ainda úmidos do beijo.

– *Kew Gardens, it is.*

Ao saírem do acostamento, Luiza viu, de relance, Tom e Chico na janela da cozinha, rindo e os acompanhando com os olhos. O casal estava adorando o romance de Luiza e James, que, para eles, era um conto de fadas. Não paravam de comentar a forma como o *jovem ator* olhava para ela, que o *jovem ator* estava completamente apaixonado, que o *jovem ator* era uma pessoa adorável, que já era hora de Luiza se entregar a alguém...

Luiza ficava paradoxalmente empolgada e tensa com o entusiasmo do casal. Eles sabiam que Luiza tivera poucos relacionamentos, sempre ocupada com o trabalho e a família. Mas o lado pragmático dela não a permitia mergulhar de cabeça em "contos de fadas". E ela percebia que, cada vez que se referiam a James, usavam o termo "jovem".

– Está tudo bem? – James perguntou, quando pararam no sinal, estranhando o silêncio dela.

Luiza afastou os pensamentos pragmáticos, disposta a *mergulhar de cabeça* naquele dia, pelo menos. E, ao ver os olhos azuis dele sobre ela, ávidos e brilhantes, um sorriso aflorou em seu rosto.

– Tudo ótimo. Me conta como foi a entrevista que você e a Miranda Lima deram ontem.

O sinal abriu e James seguiu em frente, rumo ao jardim botânico, enquanto lhe contava sobre o encontro com a atriz brasileira. Luiza era fã dela e da diretora do filme, Luciana Soares. James falou sobre o acolhimento generoso das duas, rindo das suas escorregadas no sotaque e seus erros de gramática. Ele tinha ficado nervoso, inseguro, antes de conhecê-las e ficara honrado por ter sido convidado para protagonizar o filme, mesmo não sendo brasileiro.

– Você é cinquenta por cento brasileiro – Luiza o relembrou, admirada com a humildade e a insegurança dele diante do convite para estrelar o filme de baixo orçamento.

– *I know*. Eu sei, mas eu não *cresce* no Brasil. Fui pouco lá, depois que a minha família *volta* para a Escócia. Eu *deve* ir mais. É uma cultura tão rica, tão incrível. Os brasileiros são tão... felizes.

Luiza ergueu as sobrancelhas diante da generalização.

– Como assim, "felizes"?

Ele não percebeu o tom levemente irônico da pergunta dela e completou.

– Os jornais aqui só falam de violência e da pobreza, mas o Brasil é muito mais do que isso. O brasileiro tem uma alegria, tem uma... *joy*... uma coisa de rir, mesmo quando é difícil... uma coisa *feliz*...

– Defina *"felicidade"* – Luiza retrucou, mais seca e sarcástica do que gostaria. – O brasileiro sofre com problemas muito concretos e tem de *se virar* para resolver esses problemas sem enlouquecer de raiva.

James se voltou para ela, a testa franzida, estranhando o tom subitamente sério.

– Tem razão. Eu não *diz* que os brasileiros não sofrem... Talvez eu *tenho* esta lembrança da minha infância lá. Eu era pequeno. Minha vida era escola, amigos, praia...

A mão quente dele pousou em sua coxa e ela a segurou, pacificadora.

– Desculpe, James, é que eu ouço isso o tempo todo. Muitos estrangeiros têm essa ideia de que a maior parte da população é pobre, mas é "feliz". Não é assim. Claro que as pessoas fazem o que podem para manter o bom humor diante das adversidades. Mas eu também tinha uma ideia preconcebida dos ingleses antes de vir para cá. Povo frio, distante, arrogante...

– *Well*, ainda bem que eu não sou *exactly* inglês. Sou uma mistura de escocesa com brasileiro – ele disse, bem-humorado. – Nem "frio" como os britânicos, nem "feliz" como os brasileiros. Arrogante? É...

um pouco, talvez. Mas acho que sou mais *calor* e mais... *alegre*? *Alegre* é menos do que *feliz*, *right*?

Luiza riu alto, apertando a mão dele e a beijando. Ele era isso mesmo: uma mistura de acolhimento caloroso com alegria. Ele irradiava essa energia, intensa e positiva. E ela se sentiu mal por tender a ser o oposto: séria demais, pragmática e pessimista.

– *Right* – ela concordou. – Mas nem um pouco arrogante.

– Minha mãe ama o Brasil e vai lá sempre, dar palestras. – ele falou. – O meu pai vai com ela todo ano, passa um mês com a família. Eu *vai* com eles até os dezesseis anos, depois não *vai* mais. Eu *estuda* teatro e *começo* a trabalhar como ator.

Luiza ia interromper para perguntar mais sobre os pais dele, mas James prosseguiu:

– Todo mundo fala que eu sou um ator *novo*. Eu não sou *novo*! Eu *tem* mais de quinze anos de carreira. *Começo* fazendo anúncios com dez anos, no Rio.

– Qual anúncio? – ela indagou, curiosa.

– Um *cereal*... não lembro o nome. Eu era um dos filhos na mesa de café da manhã.

Luiza também não se lembrava.

– E fiz *muitos pequenos* pontas, personagens secundários – ele continuou – Fiz papel principal em muitos filmes baratos, *low budget*, independentes ou que nem vão para o cinema. Só com vinte e três anos é que fiz um protagonista que me *deixa* conhecido.

Vinte e três anos... ela pensou. Ele se projetou como ator profissional, talentoso, aos vinte e três anos. Ela só conseguiu entrar para um curso técnico aos vinte e cinco, pois tinha de trabalhar e não conseguiu prestar os vestibulares quando terminou o secundário. Se não fosse sua aptidão para a língua, aprendida em cursinhos aqui e ali, ela não teria um domínio mínimo do inglês para que Chico e Tom a convidassem para vir com eles para a Inglaterra.

Antes que esse pensamento a perturbasse mais, Luiza perguntou:

– A sua mãe dá palestras no Brasil? Sobre o quê? O que ela faz?

– Ela é Doutora em Ciências Sociais. *Pós-doutora*... Isso é corre-

to em português? – ele indagou, incerto. Diante do gesto de "sim" de Luiza, ele continuou – Dá aula na Universidade de *Edinburgh*. O estudo dela é sobre a relação do Brasil colonial com a Inglaterra, as questões sociais e econômicas – falou, usando expressões que certamente ouviu da mãe. – Ela sempre encontra um jeito de *ter* algum escocês nessa história – completou, rindo.
– E teve? – Luiza indagou, sorrindo também.
James tinha acabado de atravessar o Tâmisa e, em menos de dois minutos, chegaram ao jardim botânico.
– Não sei! Ela tenta me explicar – ele disse, procurando o estacionamento mais próximo ao parque. – Mas eu nunca entendo quem *faz* o que, no tempo que o Brasil é colônia de Portugal.
Luiza só viera a Kew Gardens duas ou três vezes, sempre de metrô. Ela não fazia ideia de que era tão perto, menos de quinze minutos do centro, de carro. A estrada de acesso estava congestionada naquele domingo, por ser final de semana e um belo dia ensolarado.

***

Kew Gardens, o Jardim Botânico Real, estava cheio de visitantes do mundo inteiro. Luiza não se cansava de apreciar a quantidade de cidadãos de todos os cantos do planeta, a multiplicidade de costumes, línguas, trajes.
Enquanto passeavam pelas alamedas, James falou sobre seu pai brasileiro, um arquiteto renomado com projetos espalhados por diversas capitais internacionais. Luiza não o conhecia, mas se surpreendeu ao saber que alguns prédios famosos no Rio eram obras dele.
James segurou sua mão enquanto caminhavam, como se fossem namorados, e ignorava os olhares ostensivos de algumas pessoas. Duas jovens de vinte e poucos anos vieram pedir uma *selfie* com ele, excitadíssimas, e Luiza se afastou. Simpático e paciente, ele tirou as *trocentas* fotos que elas demandaram, depois pegou a mão de Luiza de novo e prosseguiu com o passeio como se nada tivesse acontecido.
Enquanto caminhavam, James indagou:

– Você é... foi... casada? Tem filhos?

Luiza olhou para os próprios pés, depois desviou o olhar para as folhas amarelas, vermelhas e marrons que forravam a grama sob as árvores ao redor do caminho de terra.

– Nunca fiquei tempo suficiente com ninguém para casar ou ter filhos. E você? Já foi casado? Tem filhos? – ela perguntou de volta, para rebater o assunto.

James sorriu:

– Já *foi*... fui casado, *yes*, e *no*, não tenho filhos... Me *caso* com vinte anos, com a namorada da escola, a Katie. Eu *viajo* muito no trabalho e ela *começa* a trabalhar em outra cidade. Eu e ela *fica* casados três anos, mas *estava* junto desde os treze. Quase dez anos. Foi difícil separar... *faz* mais de um ano – ele disse, sem entrar em detalhes – A gente é *amigo* ainda.

– Você viveu todas essas coisas tão cedo. Carreira, casamento, sucesso, separação... Eu comecei tudo tão tarde e não estou nem perto de fazer nada disso – ela comentou.

Ele apertou a mão dela.

– Não tem "tempo certo" – disse, reflexivo. – Às vezes, parece que eu *fez* tudo cedo demais. Muito rápido. Às vezes, parece que nada disso era... *certo*... era o que eu *quero*... Que *ator* eu quero ser... Que *pessoa* eu quero ser...

Ela sorriu, condescendente.

– Você ainda é muito jovem, James.

Ele franziu a testa, sério, e ia retrucar, mas Luiza apontou para uma placa.

– O jardim das azaleias é ali – e apertou o passo.

James a seguiu. Mas o tão esperado jardim foi motivo de desapontamento e muitas risadas. Luiza apontava para um arbusto e outro, tingidos de outono, alguns florescendo, outros não, enquanto James os observava, educado. Ele não tentava esconder o fato de que não ficara *tão* impressionado quanto deveria. E foi o mais sincero que pôde: jurou que as azaleias eram lindas. Até que Luiza desistiu de tentar arrancar dele uma reação mais empolgada.

Depois ele disse que a levaria ao campo de *bluebells* na primavera. As flores azuis tinham formato de pequenos sinos, presos aos estames que emergiam do solo. Em abril, elas se estendiam como um tapete cor de lavanda sob a copa das árvores. Luiza se maravilhara com elas a primeira vez que as vira. Mas não quis estragar a empolgação dele.

Seu peito apertou ao se lembrar de que não estaria na Inglaterra em abril. Ela não mencionou o fato de que seu visto expirava em março e, provavelmente, retornaria ao Brasil em dezembro. Não fazia sentido ficar em Londres sozinha no Natal, já que nem mesmo Chico e Tom estariam lá. Antes que sua mente pudesse fantasiar sobre uma possível ceia romântica com James, afastou o pensamento.

Os dois almoçaram na cantina lotada do jardim botânico, junto com dezenas de outros visitantes. Estava tão cheio e barulhento que comeram um sanduíche rápido e saíram.

Enquanto dirigiam de volta para casa, a conversa foi se tornando escassa. Um silêncio cheio de expectativa tomou conta do carro. O retorno demorou mais do que a ida, por causa do trânsito e porque, a cada parada nos sinais, James tirava as mãos do volante e se voltava para Luiza, buscando sua boca, tocando sua coxa, seu quadril, seus seios.

Luiza mal podia esperar por essas breves investidas, que a deixavam cada vez mais excitada. Até que ela se empolgou demais: sua carícia ousada por dentro da calça fez James frear bruscamente, na hora errada. Ele não causou nenhum transtorno, mas Luiza se obrigou a tirar as mãos de cima dele. E ele se obrigou a prestar atenção ao trânsito, pregar as duas mãos no volante e não tirá-las de lá.

Até saltarem do carro na porta da casa dele.

***

Os dois subiram as escadas já se livrando das roupas. Entraram embolados no quarto de James e, quando caíram na cama, faltava despir apenas a lingerie dela. James beijou seus seios por cima do sutiã de renda, depois o desatou e mordiscou seus mamilos, explorou cada um com calma deliberada. Luiza sentiu a rigidez dele contra suas pernas, mas ele segurou gentilmente seus braços, impedindo que ela o tocasse de volta, enquanto seus dedos se infiltravam na calcinha, afastando-a, e deslizando para dentro dela, explorando-a, dentro e fora. Sua boca desceu e substituiu seus dedos, que haviam se livrado da peça íntima. Luiza arqueou e gemeu com a sensação da língua dele, dos dentes, dos lábios em seu clitóris.

Antes que a sensação tomasse seu corpo inteiro, ela o puxou para si e mordeu seus ombros. Depois, ficou de lado e umedeceu uma das mãos entre suas próprias pernas. Ela o segurou e iniciou uma carícia tão deliberada e ritmada quanto a dele. James procurou sua boca. O beijo se desencontrava quando o toque dela o obrigava a apertar os olhos com força, num esforço de autocontrole.

Ela se deteve, ao sentir que ele estava perto demais do limite. Então, o fez se deitar e se ergueu sobre o quadril dele, encaixando-se aos poucos, a ardência familiar se manifestando, a despeito do oceano que a inundava. Ele segurou suas coxas, sem forçá-la, enquanto ela descia e parava, estremecendo, e descia um pouco mais. Os dedos dele se apertaram em suas pernas. Quando desceu, devagar, até seus corpos se tocarem, ele se levantou para envolvê-la em seus braços. O movimento o fez se enterrar nela e Luiza gemeu alto.

Ela ondulou sobre ele, lentamente, depois acelerando conforme a urgência aumentava. James continuou se movendo enquanto ela vibrava, sentindo as ondas de prazer se expandirem por cada nervo, cada músculo de seu corpo. E ele prosseguiu, intensificando o ritmo, ondulando com ela, alcançando um lugar ainda mais fundo dentro dela. Ela o abraçou com força, pressionando a boca dele contra sua pele, até que o corpo dele tensionou, o gemido ficou preso na garganta, a respiração suspensa, os dedos crivados nela.

Ainda sentindo as reverberações do orgasmo, Luiza relaxou e deslizou para o lado dele, que se reacomodou para permitir que ela se deitasse de bruços. Ele afastou seus cabelos compridos e beijou sua nuca. Luiza quis se virar e olhar para ele, mas a boca dele seguiu beijando sua orelha, suas costas, e foi descendo pela coluna. Ela agarrou os lençóis, depois, sua mão desceu para a região escorregadia entre suas pernas. James pousou seus dedos sobre os dela, aprendendo mais sobre a intensidade e o ritmo que ela imprimia.

Na penumbra do quarto, iluminado apenas pela luz amarelada da rua, ela se deixou ficar de bruços, a língua dele sobre sua pele, os dedos dele sobre os seus dedos, deslizando e deslizando, o ruído macio dos lençóis, o estalar leve dos beijos. E, quando Luiza achou que não conseguiria mais se conter, ela afastou a coxa. Ele a abriu mais e a extensão de seu corpo se colou às suas costas. Foi impossível não se entregar, enquanto ele ardia dentro dela, seus dedos acompanhando seu toque, até que, mais uma vez, ela gemeu alto. Os movimentos dele continuaram, firmes e ritmados, até que ele gemeu também.

***

A janela do quarto de James dava para uma praça, um jardim privativo aos moradores do entorno, cercado por grades de ferro. Árvores centenárias e arbustos altos, cujas folhagens vermelhas, marrons e amareladas compunham esses pequenos santuários em vários bairros da cidade.

Deitada de lado, aconchegada nos braços de James, Luiza apreciava as copas ainda vestidas nos tons de terra do outono. O inverno iria desnudar os galhos, deixando-os estriados e melancólicos. Mas, enquanto o frio e a neve não chegavam, o colorido outonal conferia aos jardins o ar nostálgico das antiguidades.

– Eu adoro esta época do ano... – ela murmurou, acomodando o braço de James por cima de seus seios e segurando sua mão.

Ele beijou e mordiscou sua orelha, fazendo Luiza se encolher um pouco.

– Eu adoro esta hora do dia... – ele sussurrou em seu ouvido, deixando-a arrepiada. – Quando o sol se põe e você chega.

O céu estava alaranjado, com rasgos rosados cortando o azul

límpido, que começava a escurecer. O sorriso de Luiza se abriu, uma alegria irrefreável se alastrando em seu peito.

– Você já foi a *Edinburgh*? – ele perguntou, se apoiando no cotovelo.

Luiza se voltou para ele, deitando a cabeça no travesseiro, colocando o cabelo anelado e rebelde dele para trás.

– Ainda não. Dizem que a Escócia é linda.

O olhar dele se perdeu, momentaneamente, na imagem que fazia de sua cidade natal.

– Eu ainda *fica* emocionado quando *chega* em *Edinburgh* de trem e *vê* o jardim... Tem um parque perto da estação, cheio de flores. E a gente olha para o alto e vê o castelo de *Edinburgh* no topo do monte. A parte velha da cidade é *um* muralha cor de terra e o céu azul por trás... É como um filme.

Luiza já pensara em ir algumas vezes, mas, ou não tinha dinheiro ou não tinha tempo. Ou ambos.

– *I'll take you there*. Te levo antes do inverno *deixa* tudo branco – ele disse.

Ela não contestou. Só queria ficar ali, aproveitando aquele contato tão próximo, tão íntimo. Ele a beijou, com calma, as mãos passeando pelo seu braço, seu quadril, sua coxa. Depois, tornou a se apoiar no cotovelo.

– Tem a estreia de uma peça legal hoje, no Soho. Eu *conhece* os atores. Você *vai* comigo?

Luiza estava muito consciente da quantidade de trabalho que tinha de finalizar no dia seguinte. E, também, insegura de ser vista com ele, apresentada a seus amigos. Ao mesmo tempo, ela não queria que aquele dia acabasse, não queria sair de perto dele. Diante da dúvida, ela hesitou:

– Não sei... Você quer ir? – devolveu.

James ficou olhando para ela, a mão quente sobre seu quadril.

– A peça é muito boa... Depois vai ter festa na boate... – Ele não soava entusiasmado para ir, a despeito dos atrativos. – Ou a gente fica, pede comida, abre um vinho... – ele murmurou, afundando os lábios no pescoço de Luiza, a mão deslizando do quadril para a fenda entre suas pernas.

Ardendo de desejo, Luiza colocou a mão sobre a dele, enquanto a outra o apertou contra seu pescoço, a pele arrepiada, o corpo se contorcendo languidamente em resposta à carícia. Antes que ele alcançasse o local de onde Luiza não deixaria sua mão sair, Luiza a segurou gentilmente e falou, a voz rouca e a respiração alterada:

– Eu prefiro ficar...

Luiza ainda sentia a excitação que o toque dele provocara e sua mão retornou para o espaço úmido entre suas pernas. Ele fixou o olhar nos dedos dela, que avançavam e retrocediam, nos quadris que se moviam sinuosamente, na expressão concentrada de seu rosto. Sua respiração se tornou pesada enquanto ele a olhava, hipnotizado. Ela segurou o braço dele com a mão livre, os olhos fixos em seu rosto, sentindo o clímax se aproximar e querendo alcançá-lo, mas, ao mesmo tempo, desejando que James participasse. Ela estava quase no limite quando seus lábios sussurraram "Vem..." em um gemido quase sem palavras.

Ele a abriu mais para se posicionar, pressentido a urgência dela e, entrando de uma só vez, sem parar. O corpo inteiro de Luiza reagiu, erguendo-se para envolvê-lo, gemendo no ouvido dele, que afundou o rosto em seu pescoço. James continuou se movendo, reposicionando sua perna em torno de suas costas, até que a explosão do orgasmo a fez estremecer e o agarrar com mais força contra si, pressionando os quadris contra os dele. Enquanto ele se movia sobre ela, o prazer reverberava em ondas sucessivas...

James foi parando aos poucos, ainda respirando pesadamente em seu pescoço, o corpo suado pesando sobre o dela. Os dois permaneceram encaixados, exaustos. Luiza relutava em libertar seus braços, afastar a perna de cima dele. Ele continuava dentro dela, como se pudesse ficar assim para sempre.

– *This is so much better... than a play...* – ele murmurou em sua orelha, a respiração ainda alterada. – Muito melhor... do que ir ver peça... do que qualquer coisa...

Luiza riu e os dois se descolaram um pouco.

James se desatou dela, que se ajeitou e se sentou na cama, puxando o lençol sobre os seios desnudos. Ele percebeu o movimento tímido e sorriu:

– O que você pensa que eu ainda não vi? – indagou, irônico e bem-humorado, se erguendo. – Estou com fome. O que você quer? Italiano? Japonês? *Fish & chips...*

Luiza respondeu, o sorriso bobo no rosto, olhando James sair da cama e se dirigir ao banheiro:

– *Fish & chips*. Mas sem vinagre, por favor – ela solicitou, rindo, sabendo que alguns britânicos costumavam colocar vinagre na batata frita que acompanhava o peixe, no prato tradicional.

Ela ficou ali, recostada nos travesseiros, admirando seu físico proporcional, bem definido, as covinhas na lombar que a deixavam zonza. A visão a motivou a se juntar a ele no chuveiro.

Mais tarde, depois de terminarem o jantar, Luiza o ajudou a colocar a louça na máquina. A sala e a cozinha estavam razoavelmente arrumadas, mas já com algumas pilhas de livros e roteiros sobre a mesa de centro e pacotes de correio fechados sobre a bancada da estante.

Ela conferiu o relógio, se sentindo culpada por ter sido o motivo de ele não ter ido à estreia da peça. Eram dez e quinze da noite.

– Eu tenho de acordar cedo amanhã. Mas ainda dá tempo de você ir à festa.

James havia acabado de ligar a máquina de lavar louça. Ele estava sem camisa, com a calça de moletom cinza, descalço, e cruzou os braços. Os músculos delineados sem exagero, os ombros que ela tanto adorava, tensionaram.

– Só se você *vai* comigo – ele retrucou.

Era óbvio que ele gostaria de ter ido à estreia e à festa, Luiza concluiu. E era óbvio que ele tinha energia de sobra para gastar numa boate, dançando e se divertindo o resto da noite com os amigos. Ela, por sua vez, estava exausta. Embora uma parte dela estivesse disposta a ficar com ele numa boate a noite inteira, o dispêndio de energia daquela maratona, físico e emocional, a deixaria ainda mais esgotada para trabalhar no dia seguinte.

Ele percebeu sua hesitação e, gentilmente, se aproximou, beijou seu pescoço e a reassegurou:
– Eu sei que você trabalha amanhã. Essas festas *têm* sempre. Não é importante.

Luiza acariciou os cabelos macios da nuca dele e o beijou de volta, de leve, sabendo que era uma concessão. A vida de um ator como ele era uma sucessão de eventos noturnos, pré-estreias, festivais, jantares, festas. E ela sabia que seria absurdo esperar que ele abrisse mão de tais eventos para ficar em casa com ela, que precisava trabalhar.

– James, vá prestigiar seus amigos, dançar, se divertir. Eu realmente tenho de acordar cedo e trabalhar o dia inteiro amanhã. E não é justo você deixar de ir por minha causa.

Ele retribuiu ao carinho, afagando sua nuca, e tornou a olhar para ela.

– Eu não *vai* sem você. Quero que você *dorme* aqui. Você volta pra casa amanhã de manhã.

A tentação era imensa. Mas dormir não era bem o que acontecia quando os dois estavam juntos na cama – ou fora dela. E Luiza precisava recuperar as energias e encarar a trabalhosa transcrição de amanhã.

– *Please* – ele insistiu, intuindo o "não vai dar" dela.

A resposta correta ficou bloqueada em seu cérebro. Ela sorriu, concordando, porque era impossível dizer "não". Ele a abraçou e ela correspondeu, ignorando as consequências daquele "sim" aparentemente tão simples.

"*Só esta noite*", ela pensou e se deixou ficar nos braços dele.

CAPÍTULO 6

Pela primeira vez, Luiza perdeu o prazo de entrega de um trabalho. Ela acordara mais tarde do que pretendia, aconchegada em James, e correra para casa depois de um banho rápido, onde ele tentara se infiltrar, mas ela impedira.

A transcrição não era difícil, mas era trabalhosa, e a tradução tomava um tempo enorme. As falas, cheias de coloquialismos e expressões idiomáticas, tornavam o texto em inglês truncado e artificial. Além disso, a cada punhado de frases, sua mente e seu corpo reacendiam com imagens de James. Sua capacidade de concentração tinha sido reduzida a um nível assustadoramente baixo.

Embora ela tenha se forçado a continuar trabalhando sem parar, o cansaço cobrou seu preço: seu rendimento foi exíguo e o resultado, pobre. Às oito da noite, Luiza ligou para a produtora do documentário e pediu mais um dia para entregar o trabalho. A reação da produtora, que dependia da transcrição para iniciar a legendagem do material, foi preocupante.

O problema não era atrasar uma entrega por conta de problemas alheios à sua vontade, que faziam parte da vida de qualquer profissional. O problema era que, neste caso, ela tinha sido a única responsável pela falha. E isso a incomodou mais do que ela queria admitir. Mais uma vez, seu lado racional entrou em conflito com seu coração. Não tinha dúvida de que estava apaixonada por James, mas como incorporar esse sentimento e a convivência com ele à sua vida, que já não tinha espaço para nada?

Quando James ligou, às dez e meia, para um beijo de boa-noite, Luiza tentou impedir que esses questionamentos transparecessem. Ainda estava trabalhando e ouvir a voz dele não ajudou em nada em sua concentração. Estava com dor de cabeça e seus ombros doíam, refletindo no pescoço, rígido de tensão.

Ele contou sobre seu dia, que tinha dormido até às três da tarde e depois começara a ler a versão nova do segundo ato, para que pudessem trabalhar na terça-feira. Seu entusiasmo pelo roteiro era contagiante. Luiza também se deu conta de que precisaria remarcar a leitura do roteiro com James para quarta-feira, pois tinha de finalizar a transcrição depois do trabalho e não daria tempo de ir à casa dele.

Apesar de, aparentemente, não ter se importado com isso, James deixou claro que a falta de disponibilidade dela podia ser contornada. Ele bateu à porta de sua casa, na terça-feira, no horário marcado para a leitura, ao pôr do sol.

Quando a campainha tocou, Luiza tinha acabado de chegar da rua, dado um "oi" corrido para Tom e Chico na sala, retornado para seu apartamento e ligado o computador, sem trocar de roupa nem comer. Como o apartamento ficava mais perto da porta principal, ela correu para abrir.

E se deparou com James.

Ele estava na calçada, as mãos enfiadas nos bolsos da calça jeans, que caía tão bem nele, com um pulôver largo marrom-escuro, um cachecol vermelho terra enrolado no pescoço, os cabelos anelados despenteados pelo vento. E lhe estendeu um arranjo de lírios brancos, ainda em botões, ornados com ramos verdes, e a olhando daquele jeito meio de lado, as sobrancelhas unidas, meio sério, meio rindo.

Luiza sentiu o familiar frio na barriga, o coração acelerou e ela abriu um sorriso, a despeito do cansaço, da correria e do estresse.

– Eu *vem* te dar um beijo rápido – James disse.

Luiza pegou o buquê e lhe deu um selinho.

– Entra – falou, abrindo mais a porta. – São lindas...

James entrou atrás dela e se encaminhou para o interior da casa, sem que Luiza tivesse tempo de impedir, enquanto ela deixava o arranjo de flores em cima do aparador ao lado da porta.

– O Tom e o Chico estão aqui? Posso dar um alô para eles?

Ela não foi até lá e, da sala de seu apartamento, ouviu as exclamações empolgadas do casal em resposta à aproximação educada e tímida de James.

A ansiedade começou a contaminar sua alegria em vê-lo. Ela precisava terminar aquela transcrição *hoje*. Ela tinha que tomar banho e comer. Ela queria descansar as costas, pois tinha vindo em pé no ônibus cheio. Ela tinha passado no supermercado para comprar um congelado e acabara comprando coisas que faltavam há dias, que resultaram em quatro sacolas pesadas. Ela não tinha tido tempo de tirar o blazer do terninho. Ela tinha trabalhado sem parar, pois os agentes haviam chegado de Berlim cheios de compromissos.

Tudo isso passou por sua cabeça em menos de um minuto, o tempo que James levou para voltar da sala. Ele se aproximou e a envolveu pela cintura, beijou seu pescoço. Luiza o abraçou de volta, o perfume suave do pescoço dele, enrolado no cachecol, provocando uma avalanche de sensações atordoantes. Quando se deu conta, estavam se beijando.

Ele se afastou, sem soltá-la, e murmurou.

– Eu já *vai*...

Luiza o empurrou delicadamente, em um esforço consciente para se desvencilhar de seus braços.

– Desculpe, James, mas eu realmente preciso trabalhar.

– Falta muito? – ele perguntou, se detendo momentaneamente ao perceber que estava em frente ao apartamento onde ela morava. E deu uma olhada discreta para o interior. – Você mora aqui, não é?

Ela não queria que ele entrasse. Não agora. Não hoje, que não tinha tempo de se sentar com ele no sofá ou oferecer um café. Não hoje, que não tinha tido tempo de varrer o chão. E não era assim que ela queria ter recebido James em sua casa. E ela queria ter pedido permissão a Tom e Chico, antes de convidá-lo para ir lá.

James ficou na porta, os olhos passeando pela sala de estar, e Luiza ficou com vergonha, consciente das quatro sacolas de supermercado jogadas no chão, das almofadas velhas do sofá, das roupas amontoadas sobre a mesa de jantar redonda, recém-retiradas da máquina de lavar, da tábua de passar aberta no meio da sala.

– É. E sim, falta. Eu tenho *mesmo* que terminar essa transcrição.

– Que legal – ele disse, sorrindo, depois sugeriu – Por que você não leva o *laptop* pra minha casa e trabalha lá?

Como se isso fosse uma possibilidade realista. Ela precisava do máximo de tempo e concentração para finalizar aquele trabalho. Seu cheiro permaneceria ali. Sua presença permaneceria ali. Sua voz permaneceria ali. Como ela iria conseguir se manter focada?

A impaciência se mesclou à ansiedade. Se ela não cumprisse o novo prazo, perderia a cliente. Luiza conseguiu se conter e foi o mais educada que pôde.

— James, não. Eu tenho que me concentrar e entregar esse documento hoje. Estou exausta e...

— *Sorry*. Desculpe. Eu sei. É que eu *está* empolgado pra a gente *lê* o roteiro novo. *Veio* hoje de manhã, por e-mail, e o texto é incrível. Você vai gostar. Lembra que você *comenta* sobre aquela reconciliação, que estava... *a bit...* — ele procurou na memória a palavra que ela usara em português — *forçada*? Então. Depois que você *termina* seu trabalho, a gente come alguma coisa e eu mostro o texto...

— E eu não vou conseguir me concentrar com você ao meu lado — ela respondeu, impaciente.

— Eu prometo que não *atrapalha* — ele insistiu.

Luiza abriu a porta da casa.

— James, por favor — ela disse, a irritação contaminando seu tom.

Ele saiu, desceu as escadas até a calçada, e se voltou.

— Você pode *trabalha* comigo amanhã, então, ou só quinta?

Do alto, na porta, Luiza respondeu:

— Amanhã. Eu te encontro lá, às cinco e meia.

James assentiu com a cabeça, enfiou as mãos nos bolsos e seguiu pela calçada.

Luiza retornou para casa, voltou para seu apartamento e fechou a porta. Ela se jogou em frente ao laptop, que estava aberto e ligado. De repente, seu celular vibrou ao lado do computador. A tela acendeu com a chegada de uma mensagem. Ela o virou, para ver de quem era. Era de James:

"Bom trabalho."

* * *

Luiza só terminou e mandou a transcrição, a duras penas, às três e meia da manhã. Nem sequer conseguiu jantar. O congelado ficou descongelando na sacola do supermercado, com o resto das compras. Ela só pegou no sono às quatro e vinte e às sete e quinze o despertador tocou.

Quando passou pela antessala da casa, ao sair para trabalhar, viu que as flores que James trouxera haviam ficado sobre o aparador. Os botões dos lírios começavam a murchar, mas ela não tinha tempo de colocá-los em um vaso ou perderia o ônibus.

O dia de trabalho foi intenso. Os agentes celebravam negociações bem-sucedidas, que resultaram em bons contratos, mas tinham de lidar com o trabalho acumulado. Luiza não parou, e a noite mal dormida a deixou com o corpo dolorido e os olhos ardendo.

Na hora do almoço, a produtora do documentário ligou, pedindo que ela revisasse o texto que enviara de madrugada. Havia vários erros de digitação, apesar de ela ter lido e relido a transcrição antes de mandar. Luiza se desculpou, envergonhada, e reenviou o documento revisado. Mas ela não se perdoou pela baixa qualidade do serviço.

Às cinco e meia, quando tocou a campainha da casa de James, seu humor estava nublado como o céu sobre sua cabeça. James abriu a porta e se aproximou para lhe dar um beijo, mas ela colocou a mão em seu peito e o impediu.

– James, por favor, quando eu vier trabalhar, é só trabalho.

Ele recuou, surpreso com a distância que ela impôs, e se afastou.

– *All right* – ele retrucou, assentindo. – Certo. E depois do trabalho? Pode? – indagou, com um toque de humor e malícia, para quebrar o clima.

Luiza pendurou o casaco no corrimão da escada e se dirigiu ao sofá, sem responder. A adrenalina ainda circulava em seu sangue, liberada aos borbotões durante o caminho entre a agência e a casa de James.

Ela viera espremida em um dos assentos do andar de baixo do ônibus cheio, sufocante, embaçado, pois as janelas estavam fechadas e a calefação ligada, pensando e se recriminando e relembrando a queixa da produtora e no quanto aquilo prejudicava sua reputação.

Agora, ela precisava *trabalhar* com James. E as duas coisas se misturaram em sua cabeça: estar ali como *namorada*, *ficante* ou *o que quer que fosse*, e estar ali como *profissional*. Se não as separasse, como iria permitir que ele pagasse pelas horas trabalhadas? Ela não queria mais cobrar pelo trabalho com ele, mas não podia abrir mão do dinheiro.

Enquanto esses pensamentos se amontoavam em seu cérebro e a adrenalina fazia festa em sua corrente sanguínea, Luiza continuou muda. Ela se sentou e pegou o texto. James se encaminhou para a cozinha, estranhando o comportamento dela.

– Vou *faz*...er seu Nescafé – ele disse, se corrigindo no meio da palavra. – Está tudo bem?

Luiza leu para si mesma o trecho do roteiro que James havia marcado com um *post it*. Leu a ação e o diálogo. Depois, releu. E leu uma terceira vez, porque não conseguia manter o foco e, quando chegava ao fim da frase, já tinha esquecido o que estava escrito no início.

James se sentou à beira da poltrona, ao seu lado, e colocou a caneca de café sobre a mesa de centro, inclinado para frente.

– *Are you all right?* – ele perguntou, com cuidado.

Luiza olhou para ele e, pela primeira vez desde que o conhecera, não sentiu nada. Ela estava anestesiada de exaustão e ansiedade.

– Sim, estou bem. Eu só quero que, no horário de trabalho, a gente *trabalhe*. Não quero misturar as coisas, James, por que eu preciso...

Ele franziu as sobrancelhas de novo, concordando.

– *Of course...* – ele interrompeu, tentando não pressioná-la. – É claro. Eu sei – e apontou para o roteiro que ela tinha nas mãos, sorrindo, empolgado. – Não *fica* sensacional?

Luiza não conseguia avaliar as modificações que a roteirista fizera. Seu corpo pedia cama. Precisava comer. Precisava dormir. Mas tinha que trabalhar com James e, depois, ele iria querer *mais*. Amanhã, estaria aqui de novo, trabalhando. Na sexta, precisava começar uma nova tradução. No sábado, tinha de fazer o freela com a consultora financeira. No domingo, tinha se comprometido a ajudar Chico a embalar seus pratos valiosos. Nas horas que sobravam, ela tinha que trabalhar na tradução. Na segunda, começava tudo outra vez.

– Luiza?

Ela ergueu olhos inexpressivos para ele, que a observava intensamente. Ele colocou a mão quente e preocupada em sua perna. Ela se retraiu.

– James, eu já falei...

– *What's wrong?* – ele perguntou, sério.

O que está errado? Tudo. Está tudo errado, Luiza pensou, mas respondeu:

– Nada. Não tem nada errado. Eu já falei que a gente tem de manter a distância. Vamos começar a leitura? Está ficando tarde.

Ele tirou o texto das mãos dela, delicadamente, e o colocou em cima da pilha de papéis que se acumulavam de novo sobre a mesa de centro.

– Eu sei que você *fica* cansada. A gente não tem que *trabalha* hoje.

Sem raciocinar, ela reagiu:

– Como a gente não *trabalha* hoje? Eu acabei de dizer que eu preciso desse trabalho...

– Eu sei. Eu vou pagar – ele interrompeu, tentando esclarecer.

– Como assim, *vai pagar*? Vai me pagar horas trabalhadas que eu não trabalhei? De jeito nenhum.

James se endireitou no sofá, mantendo a compostura.

– Não. A gente trabalha outra hora... Não tem de ser...

Luiza quis, mas não conseguiu parar. A angústia e a ansiedade tomaram as rédeas, como uma parelha de cavalos indomáveis, e galoparam à frente de seu autocontrole.

– E a que horas vai ser? Quando? A gente tem de trabalhar amanhã também. Eu trabalho até tarde o resto da semana, e na semana que vem, e nas próximas semanas. Quando, então, me diz?

James ficou olhando para ela.

Luiza recostou no sofá, arrependida pelo desabafo, pela grosseria. Ela passou as mãos no rosto, depois reclinou a cabeça para trás e fitou o teto.

– Desculpe.

James se deslocou, em um movimento fluido, da poltrona onde estava, para o seu lado, no sofá. Luiza sentiu o peso de seu corpo provocar uma onda perto de suas pernas, o calor dele a alcançar. Ele apoiou o cotovelo no encosto, para ficar de frente para ela, e tocou seu cabelo com a ponta dos dedos. Ela reclinou a cabeça para sentir o contato com a mão dele, que se abriu e afagou seu rosto.

– Desculpe... – ela repetiu e se voltou para ele.

Ele sorriu, as faces rubras e os olhos brilhantes outra vez.

– *You look awful* – falou, com humor.

O comentário meio sério, meio de brincadeira, a fez rir. Mesmo que as palavras dele, que ela estava horrível, fossem só para quebrar o clima tenso, ela se *sentia* horrível. Levou a mão aos cabelos, ajeitando as mechas que escapavam das presilhas, sabendo que seus olhos estavam fundos, que não tinha conseguido cobrir as olheiras com o corretivo, que não se lembrara de retocar o batom antes de saltar do ônibus.

Ela ficou olhando para ele, sem dizer nada. Sua mão se moveu em direção à perna dele, que a pegou e a beijou, os olhos pregados nela, intensos e preocupados. Ela se inclinou para frente e o beijou, ignorando, por um instante, que estava ali a trabalho. E, enquanto se beijavam, ela sentiu o corpo relaxar. Ele acariciou seu pescoço, fazendo uma massagem leve nos músculos tensos, sem se afastar de seus lábios.

James não fez nenhuma carícia mais ousada e Luiza agradeceu por isso. Não que a ideia de fazer amor com ele fosse contrária ao seu desejo, mas não tinha energia para tanto. Ele moveu uma mecha rebelde que se soltara da presilha para trás de sua orelha. Depois, a puxou para perto de si. Luiza recostou em seu ombro, o tecido da camiseta dele com cheiro de amaciante de roupas, e ficou ali, sem se mover.

* * *

Quando despertou, estava deitada no sofá, com uma manta sobre ela. E se sentou, desorientada, sem noção da hora. James fazia alguma coisa na cozinha, de onde emanava um aroma delicioso.

– Que horas são? – ela indagou.

– Nove – ele respondeu da cozinha. Em seguida, trouxe até ela uma colher grande com algum molho quente.

Ainda atordoada, Luiza provou o molho. Seu estômago vazio doeu de fome.

– *Hummm...* – ela murmurou. – Está uma delícia.

James retornou para a cozinha, para terminar o que estava fazendo.

– Em cinco minutos o macarrão fica pronto.

Luiza se espreguiçou no sofá, o corpo dolorido, pesado de cansaço e preguiça. Ela se recostou outra vez, sem forças para se levantar e ajudar.

– Eu boto a mesa – ofereceu, mas foi incapaz de se mover.

– Fica aí – ele falou. – Três minutos...

Luiza se voltou para a cozinha e viu que James continuava mexendo nas panelas, checando o macarrão e o molho, e que os pratos e taças já estavam postos na ilha, lado a lado. Ela se levantou, contornou a poltrona e se sentou em um dos bancos altos.

James despejou o macarrão no escorredor, dentro da pia. Depois o devolveu à panela, para reaquecer. Seus movimentos, ágeis e fluidos, tinham a graça natural dos felinos que Luiza tanto adorava. E ficou quieta, observando os músculos das costas dele se moverem sob a camiseta, os braços, os ombros...

Ele colocou as panelas de macarrão e de molho em cima dos descansos.

– Está melhor? – indagou, enquanto servia o prato dela.

Luiza olhou para o macarrão fumegante, coberto com o molho de tomate vermelho, salpicado de manjericão. E o observou picar um pouco mais de manjericão fresco em uma tigela, com as mãos.

– Quer mais... *basil*?

– Manjericão – Luiza traduziu, a voz rouca de cansaço e sono. O aroma dava água na boca. Ela segurou o garfo, para começar a comer. – Não, obrigada, está ótimo assim.

Depois de secar as mãos no pano de prato, James se serviu e veio se sentar ao lado dela. Salpicou manjericão fresco em seu próprio prato. Pegou a garrafa de vinho para servi-la, mas Luiza colocou os dedos sobre o copo e fez "não" com a cabeça.

– É melhor eu não beber. Estou exausta e ainda tenho de fazer um monte de coisas em casa. – E se levantou para buscar um copo d'água.

– Ainda tem de *trabalha* hoje? – ele indagou, casualmente, enrolando o macarrão no garfo com a ajuda de uma colher.

– A gente devia estar trabalhando. Você não devia ter me deixado dormir – ela disse, colocando o copo à sua frente. Depois, deu uma garfada e o sabor do molho de tomate e manjericão, com um toque leve de pimenta, abriu ainda mais seu apetite. – Está maravilhoso... O que você botou aqui além do manjericão?

– *That's a secret I'll share with you when we are married and greying* – ele disse, brincando.

Luiza sorriu ao imaginar James compartilhando o "segredo" do molho com ela quando os dois estivessem casados e ficando grisalhos. Eles sentados em um banco verde do Hyde Park, o rosto jovial dele emoldurado pelo cabelo preto salpicado de branco e o rosto cheio de rugas dela, o cabelo totalmente branco. O sorriso esmaeceu em seu rosto.

– O que você fez hoje? – ela perguntou, enquanto enrolava mais macarrão para outra garfada.

Ele hesitou antes de responder. Seus olhos se concentraram na tarefa de adicionar mais um punhado de manjericão no próprio prato e seguiram focados na comida quando respondeu.

– *Boring stuff*... Coisas chatas. Depois *leu* o roteiro outra vez, pra... *memorize*... gravar? Lembrar?

– Decorar – Luiza sugeriu.

Ele assentiu e se voltou para ela.

– *Yes*, decorar os diálogos novos. São muito *melhor* do que antes.

Um breve silêncio se interpôs entre eles, enquanto comiam. Luiza queria perguntar mais sobre as "coisas chatas" a que ele se referira, mas o cansaço não deixou. Continuou comendo. Seu rosto amarfanhado como uma uva-passa ainda estava vívido em sua imaginação.

James tomou um gole do vinho.

– E você? Trabalha muito na agência?

– Bastante. Ainda é a repercussão da feira. O escritório fica sempre agitado depois desses eventos – ela comentou.

– *Quantas* freelas você faz, além do trabalho na agência?

Luiza terminou de mastigar e se voltou para ele, que a observava com atenção.

– Varia. Podem ser coisas para o Chico e o Tom, que não são exatamente freelas... Trabalho organizando as despesas pessoais e da empresa de uma consultora de investimentos; estou fazendo a transcrição de um documentário, do português para o inglês, para uma produtora; já tenho mais duas traduções para entregar até o fim do mês, uma grande, a outra, nem tanto; e tenho o trabalho aqui com você... Aliás, é bom a gente começar, se não vai ficar muito tarde.

– A gente trabalha amanhã. Eu ainda *tem* que *decora* o texto direito.

Luiza sabia que James decorava textos com uma facilidade assombrosa e estava abrindo mão daquelas horas para que ela pudesse descansar. Mas a perspectiva de trabalhar até tarde no dia seguinte também não era animadora, a despeito do desejo de estar com ele.

James terminou de comer, pegou seu prato, e o levou até a pia, do outro lado da ilha. Depois, ficou parado de costas para ela por alguns instantes, quieto. Antes de se voltar, ele perguntou, sério.

– Quando você escreve?

A pergunta pegou Luiza totalmente desprevenida. Ela estava enrolando uma nova garfada de macarrão e parou. Ergueu a cabeça para ele, alerta.

– Quê?

James se voltou, secou a mão no pano de prato e o deixou sobre a bancada.

– Quando você escreve? – repetiu. Seu tom não era de cobrança, era um misto de preocupação com curiosidade.

Ela se endireitou no banco e sentiu um desagradável frio no estômago, como se tivesse sido pega em flagrante em alguma mentira. Seus olhos vaguearam pelo prato, pelas panelas, pela desorganização da ilha, depois se ergueram para James.

– Quando dá – ela falou e percebeu que não escrevia há quase um ano, o que a fez ficar surpresa e decepcionada consigo mesma.

E irritada com James. Mais do que nunca, ela se sentiu uma fraude.

– E quando dá? Você está sempre ocupada com trabalho, com freelas.

Luiza sacudiu a cabeça para os lados, impaciente, exausta, moída. Dava para escrever quando tinha tempo e energia. Dava para escrever quando não estava trabalhando. Dava para escrever quando não tinha que: ajudar os ex-patrões; arrumar e limpar o apartamento onde morava; pesquisar alternativas para conseguir a extensão do visto; ir ao supermercado; calcular o quanto iria sobrar de dinheiro no fim daquele mês para mandar para a família; entrar na fila da agência de câmbio e ficar horas esperando para mandar o dinheiro; falar com a mãe e tranquilizá-la, todos os dias, de que estava tudo bem... E estar aqui com ele.

– Quando *dá* – reafirmou, erguendo os olhos para ele, em tom de "assunto encerrado". Para distrair a atenção, ela pegou o garfo e enrolou um pouco de macarrão nele. O macarrão deslizou do talher e caiu no prato outra vez.

Um novo silêncio, cheio de tensão, tomou conta da casa. James continuou olhando para ela, questionador, depois quebrou a imobilidade para pegar a garrafa de vinho e encher sua taça de novo.

– *I don't understand...* – ele murmurou para si próprio, a testa franzida como se o ato de se servir necessitasse de concentração. – Eu não *entende*... Eu quero muito ler o que você escreve – ele disse, dando um gole no vinho. – Mas você não fala disso. E só trabalha. Sempre.

– Não dá tempo... Não tem dado tempo – ela resumiu, desistindo de manter o macarrão no garfo, querendo encerrar o assunto, querendo ir para casa dormir, querendo não ter de ficar se explicando sobre algo que não era simples quanto ele estava fazendo parecer. – Eu escrevo quando dá tempo.

Ele fez um gesto com os ombros, como se o contra-argumento fosse óbvio. E disse:

– Nunca.

– James, eu escrevo *sim*. Quando dá – Luiza explicou, como se falasse com uma criança teimosa que fica insistindo em fazer perguntas sobre um assunto que ela não vai entender. – Mas tenho de pagar as contas. Tenho de mandar dinheiro para a minha família. E, como eu já disse, pra conseguir fazer isso, eu tenho de trabalhar na agência e fazer todos os freelas que eu puder.

James pousou a taça na bancada.

– Você diz que escreve, mas que não *publica*. Como vai *publica* se não tem tempo de *escreve*? Se *fica* esperando ter tempo, não escreve nunca. É como ter filho. Se *espera* a hora perfeita, não tem filho nunca. Não é?

Luiza ficou muda, apoplética. A indignação incinerou o resto de sua paciência. A condescendência se transformou em sarcasmo. Ela fez um gesto de ombros similar ao que ele havia feito. Óbvio. E suas mãos mostraram o entorno deles.

– Claro que pra você é *simples* assim – retrucou. – Este é um problema que você não tem. Não é?

As sobrancelhas de James se uniram mais.

– *What do you mean?*

– O que eu quero dizer é que, quando a gente não precisa trabalhar para *sobreviver*, tudo é possível – ela disse. – É fácil *ter tempo* quando se pode escolher onde investir a sua energia. Eu não posso me dar ao luxo de escolher.

Pela primeira vez, desde que o conheceu, Luiza viu a postura de James endurecer. O questionamento desapareceu de sua expressão. Seus olhos escureceram. Ele endireitou a coluna e a rigidez o fez parecer mais alto, mais velho. Ele cruzou os braços. As sobrancelhas permaneceram unidas.

– *What do you think you know about me?* – ele indagou. O tom não era provocativo. Era apenas enfático.

A pergunta era pertinente: o que Luiza *pensava* que sabia sobre ele? Ela tinha consciência de que sabia pouco. Ou quase nada... Mas era assim que ela o via. Um garoto inconsequente que podia viver sua vida como desejava. Que não precisava correr atrás de nada. Que não precisava abrir mão de nada. Que tinha tudo... e todos... ao alcance da mão.

Não era necessariamente a verdade. Mas era perto demais da verdade.

James seguiu sua linha anterior de raciocínio.

– *This isn't about me* – ele pontuou. – Não é *sobre eu*. A Ana Maria me *conta* que você *vem* para Londres para ser escritora. Deixa sua família, sua... *safety net*... como se diz...

– Eu nunca tive *safety net*, James. – Luiza interrompeu. – *Eu* sempre fui a "rede de segurança" da minha família. Eu não posso contar com ninguém, ao contrário, *eles* é que contam comigo.

– Mas você tem *safety net* aqui. O Tom e o Chico, a Ana Maria... eu... O trabalho importa, *of course*. Mas... e escrever? Não importa? Você tem que *encontra* um *balance*... um jeito de *faz* as duas coisas...

Luiza respirou fundo, afastando o corpo da ilha, o estômago embrulhado.

– Eu não vou ficar discutindo isso com você – ela falou, ainda mais irritada, e pegou seu prato para levar até a bancada.

Ele descruzou os braços, sério, mas tranquilo. Naquele momento, ele não parecia o jovem vibrante, cheio de energia, de vinte e seis anos, que Luiza encontrou pela primeira vez. Ele parecia um homem feito, com a vivência de algo que ela não conseguiu dimensionar. Sem qualquer resquício de recriminação ou julgamento na voz, ele se aproximou da ilha e a encarou.

– *I think you're finding excuses not to write.*

Luiza parou, de pé, com o prato na mão. A indignação se transformou em raiva. Como ele ousava questionar a dificuldade concreta que tinha para se dedicar ao seu maior sonho? Quem ele era para questionar isso? O que ele pensava que sabia sobre ela?

A raiva condensou e congelou. Luiza colocou o prato na pia. Seu tom de voz se tornou seco, indiferente.

– E por que você acha que eu estou "encontrando desculpas para não escrever"?

James não se intimidou.

– *Because you're afraid. To fail. To succeed...*

Um riso sarcástico, sem humor ou alegria, brotou nos lábios de Luiza.

– Eu não tenho *medo*. Nem de fracassar, nem de ter sucesso.

O sorriso de James aflorou, compreensivo, mas contaminado por algo imperdoável: pena.

– *Oh, I think you're absolutely terrified.* Eu só não *sabe* por quê.

Uma queimação súbita desceu do rosto e se espalhou pelo corpo inteiro de Luiza: humilhação, vergonha, raiva, tudo misturado.

– *Terrified*? Como sempre, você exagera. Eu estou aterrorizada? – ela indagou, mas era uma pergunta retórica. Depois falou, com um grau de desprezo – Tudo o que é difícil para as pessoas normais, é acessível para você, James. Você tem tudo o que quer, inclusive a mim. Você aparece na minha casa, do nada, querendo que eu leia roteiros com você; quer que eu venha para cá e fique trabalhando daqui, depois transe com você; quer que eu organize a minha vida de acordo com a sua conveniência. Você quer até me pagar horas trabalhadas que eu nem trabalhei! É claro que você não faz isso porque é uma má pessoa. Ao contrário, você é hipergeneroso. Só é *clueless*, para usar a sua língua, *sem noção*, em português claro. No fundo, você quer que eu fique à sua disposição.

Enquanto discursava, Luiza tinha consciência do quanto estava sendo injusta, mas não conseguiu parar. James ficou olhando para ela, imóvel e mudo. Seu rosto se tornou indecifrável. Mas, ainda movida pela raiva, ela prosseguiu, fria:

– Você diz que eu não sei nada sobre você. Eu sei sim. Você é um *garoto rico e mimado*, que não sabe o que é ter de correr atrás de tudo o tempo todo, ter de abrir mão de tudo o que mais deseja para sobreviver, que não sabe o que significa não poder correr o risco de perder o pouco que conseguiu trabalhando sem parar. Você não sabe *nada* e fica querendo me dar lição de vida. Não seja ridículo.

E, no instante em que aquelas palavras saltaram de sua boca, Luiza se arrependeu. Seu peito queimou, a garganta ficou seca, apertada, as lágrimas brotando e sendo contidas, contidas, contidas...

James se afastou da ilha novamente, recostou na pia e recruzou os braços. Ele desviou os olhos dela para a taça de vinho sobre a bancada e falou, baixo, sem emoção.

— *Wow. So...* isso é o que você pensa de mim, de verdade. — A expressão era controlada, mas a raiva e a mágoa transbordaram nos olhos. E ele prosseguiu, tão sarcástico quando ela. — *Good. That's finally out. What a relief.* Que alívio. Eu *acho* que estava apaixonado. *But you're right.* Você está certa: eu sou um idiota ridículo que não sabe nada.

Luiza engoliu as lágrimas e sua garganta doeu com o esforço de contê-las. *Não, não é isso o que eu penso de você*, ela queria dizer. Mas não disse.

— *You don't need to come for the reading tomorrow. And you don't need to call me again* — ele finalizou.

Luiza se encaminhou para a porta, o corpo anestesiado. Ele não queria que ela voltasse para ler o roteiro amanhã. E não queria que ela ligasse mais para ele.

Ela pegou seu casaco no corrimão da escada e o vestiu. Toda sua vitalidade a abandonou. Seu corpo era um autômato. Depois, ela deu um passo e abriu porta. O vento gélido da noite invadiu a casa. O calor, o aroma de manjericão, o cheiro de James foram substituídos pelo ar estéril da rua. Ela saiu e, enquanto andava, todas as suas barreiras racionais se reergueram.

Como ele dissera, a "verdade" havia sido finalmente revelada, estava *finally out*: aquele relacionamento não tinha como dar certo. *Melhor assim.*

Ela ia doer agora. Mas era bom colocar um ponto final naquela história, antes que aquela história colocasse um ponto final em tudo o que ela construíra até hoje.

CAPÍTULO 7

Na noite que Luiza chegou da casa de James, depois do rompimento, ela se deitou na cama, ainda vestida com o casaco comprido de náilon, e não se levantou mais. Ela não conseguia se mover debaixo do edredom. Não queria se mover. Não queria falar. Não queria dormir, só ficar deitada. Em silêncio. Quieta.

No fim do dia seguinte, Tom adentrou o quarto, seguido por Chico, ambos em pânico. Ana Maria ligara para Chico, depois de saber na agência literária que Luiza anunciara, por texto, que estava doente e não iria trabalhar. E não atendia o telefone. Nem a porta. Nenhum dos dois conseguiu que ela explicasse a razão daquele abatimento. Nenhum dos dois conseguiu que ela tirasse o casaco de náilon.

Tom tomou providências práticas: ligou para o chefe dela, avisando que Luiza estava acamada e, assim que estivesse melhor, entraria em contato; colocou o conteúdo das quatro sacolas de supermercado no lugar e jogou fora o que havia estragado; dobrou os lençóis que estavam amontoados em cima da mesa e guardou a tábua de passar; conversou com o chefe de Chico e explicou que o marido estava atendendo a uma emergência de família.

Chico tomou as rédeas da situação: ligou para Ana Maria e pediu o contato de James, mas o ator não retornou sua ligação nem suas mensagens de texto; resgatou os lírios murchos da antessala e os colocou em um vaso com água; bateu vitamina, preparou sopa e ficou sentado na cadeira desconfortável da escrivaninha, ao lado dela, por horas a fio.

Chico fez de tudo para que Luiza falasse. Carinho, paciência, chantagem emocional. Tom fez o que pôde para convencer Chico de que, diante da ausência de sintomas físicos, talvez fosse melhor chamar uma psiquiatra que prescrevesse um antidepressivo. Os dois chegaram a um acordo: se Luiza não melhorasse até o dia seguinte, chamariam uma ambulância. Ou a polícia, Tom ponderou. *E se ela tiver sido atacada?*

Naquela noite, Luiza se levantou da cama, tomou um banho e aceitou a sopa que Chico lhe trouxe. As lágrimas continuaram a descer, quentes e grossas, sem parar, independentemente de sua vontade. Tom, que chegara do trabalho e viera direto ao seu quarto, acompanhou o relato sobre o rompimento de Luiza com James que ela compartilhava com Chico.

Ela não entrou em detalhes, apenas lhes contou que, por mais apaixonada que estivesse, aquela relação era impossível. Ela e James existiam em universos paralelos, dimensões incompatíveis. O casal a ouviu com atenção. Os dois insistiram para que ela reconsiderasse. Como ela podia abrir mão de uma história de amor tão bonita? Chico perguntava. Tom nunca a vira derrubada daquele jeito, por nada nem por ninguém. Era óbvio que o que os dois sentiam um pelo outro era forte o suficiente para superar qualquer obstáculo, social ou de qualquer outra ordem.

Luiza não contra-argumentou. Estava decidida. Ela se desculpou pelo transtorno que causara e prometeu que estaria bem no dia seguinte. Agradeceu os cuidados, abraçou os dois afetuosamente e jurou que nunca mais os preocuparia daquele jeito. Chico trouxe o vaso com o buquê de lírios brancos, milagrosamente recuperados, e o colocou na sala do apartamento. Luiza podia vê-lo da cama, se a porta do quarto ficasse aberta. Ela fechou a porta.

Depois, se deitou. As lágrimas caíram, incessantes, até se esgotarem.

***

A mudança de Chico e Tom para Tóquio manteve Luiza ocupada o suficiente para não pensar em mais nada. Ela os ajudou a organizar as malas que iriam com eles para o apart-hotel, as caixas que seriam enviadas via aérea e as outras que seriam despachadas de navio, em contêineres. E, depois que partiram, finalizou o envio da mudança e cuidou do embalo e embarque das esculturas de Tom e da coleção de pratos de Chico, junto com a firma especializada em transporte de obras de arte.

James não ligara, não enviara mensagens e nem Ana Maria sabia como ele estava. A amiga soube que ele viajara para Lisboa e estava, provavelmente, gravando o filme cujo roteiro havia ensaiado com Luiza.

Novembro inteiro Luiza lutou, a cada hora do dia, contra a tristeza, a falta de energia, de apetite e de vontade de sair da cama. Disciplinada e determinada a seguir com sua vida, ela se concentrou no trabalho. Compensou os dias que havia faltado na agência e revisou três vezes cada número que atualizou na planilha orçamentária da consultora de investimento. Manteve o compromisso de fazer uma das traduções, mas cancelou a outra.

Com isso, ela deixou de trabalhar uma vez por semana.

Neste dia, ela chegava em casa, descansava, falava com a mãe, com Tom e Chico, com Ana Maria, jantava e dormia. Manoela apoiara sua decisão de reduzir a carga de trabalho, que certamente faria bem para a sua saúde. A preocupação com o envio da ajuda financeira, no entanto, permaneceu.

A mãe a assegurou de que o movimento no salão continuava bom, a despeito da obra, e que a nova cabeleireira trouxera sua própria clientela e estava "dando um show" com as clientes antigas. E que Léo estava feliz da vida depois que se mudara para uma república com os colegas de faculdade. As despesas da casa haviam caído pela metade. Luiza, pela primeira vez, optou por acreditar.

No início de dezembro, a noite caía cedo, por volta das quatro da tarde, muito antes de Luiza chegar em casa. Essa era a época do ano de que menos gostava. Nos quatro anos que morara em Londres, ela não conseguira se habituar aos dias curtos demais, a ainda estar no trabalho quando o céu escurecia, ao frio que, às vezes, se condensava em flocos de neve e a obrigava a pisar com cuidado no gelo escorregadio, aos galhos espetados das árvores desnudas e desoladas.

Na terça-feira, às cinco e vinte, ela saltou no ponto de ônibus e começou a caminhar pela calçada. Seus pés quiseram continuar seguindo até as duas ruas seguintes e entrar na rua onde James morava. Mas, como todos os dias, ela refreou o impulso e desviou no último minuto. Entrou em sua rua, rumo à casa dos ex-patrões, silenciosa e escura.

Aquele era o dia mais difícil da semana.

Às terças, as imagens de James retornavam com mais força. Suas palavras, sua voz, as impressões de suas mãos, seu cheiro, inundavam sua mente, invadiam seu corpo, e Luiza achava que ia desmoronar de novo. Ela vinha tentando conseguir algum freela para ocupar sua cabeça e complementar a renda, sem sucesso. Tudo o que aparecia tinha algum impedimento: era longe demais e o custo do transporte não compensava; demandava alguma habilidade ou conhecimento que ela não tinha; implicava trabalhar até tão tarde que não podia aceitar.

Hoje não havia sido diferente. Quando entrou em casa, às cinco e meia da tarde, e ligou a televisão para distrair os pensamentos, se deparou com James dando uma entrevista. Seu estômago doeu. O peito apertou. As mãos ficaram trêmulas e não obedeceram quando seu cérebro exigiu que apertasse o botão e desligasse o aparelho. Ela se sentou no sofá, a garganta contraída, os olhos marejados, fixos no rosto dele.

James falava sobre o filme que havia acabado de rodar em Lisboa e sobre o convite irrecusável que recebera para estrelar uma produção de peso, em Nova York. Seu cabelo preto estava mais curto, charmosamente desarrumado, os olhos azuis-escuros estavam animados, a boca vermelha contrastava com a pele clara. Como sempre, ele conversava com a entrevistadora do programa, desenvolto e encantador. Mas algo nele brilhava menos. Algo nele estava mais sóbrio, menos espontâneo, talvez.

O peito de Luiza se apertou mais. Onde estava aquela fagulha radiante, incandescente, que emanava dele? Se ela não tivesse visto esse brilho, iria supor que nunca existira. James não estava diferente de nenhuma outra forma. Mas, talvez, aquele brilho existisse apenas em sua imaginação.

Vê-lo na televisão se tornou insuportável. A dor do rompimento e de estar longe dele há tanto tempo, retornou. Até agora, Luiza evitara tudo o que pudesse se relacionar ao ator: programas de televisão, jornais, publicações on-line e, até, as conversas com Ana Maria, que insistia em saber detalhes da separação. Luiza não conseguia se abrir com ninguém.

Ela foi para o quarto e ligou o laptop, as lágrimas represadas e o coração pesado. Abriu o editor de texto e ficou olhando o cursor piscar na tela branca. As mãos pousaram sobre o teclado. Ela não conseguia traduzir o que precisava transbordar de dentro dela. As palavras vinham soltas, desconexas, insuficientes e se desintegravam antes que seus dedos as registrassem.

As primeiras frases foram tímidas, as metáforas simples e pouco elaboradas. Sua racionalidade ditava as cartas, mediava a negociação entre a autocensura e a verdade de seus sentimentos. Ela insistiu. Descreveu impressões e sensações a esmo, deixando de lado a preocupação com coerência e forma, que não importavam nesse momento.

O que ela buscava não era qualidade literária, era a expressão mais honesta de seu coração. Era um diálogo consigo mesma, a tentativa de compreender as emoções que vivia. Colocá-las em palavras era uma forma de torná-las concretas e reconhecíveis. E, talvez, discriminar o que sentia. O que era aquele sentimento avassalador que tanto a assustara? O que era esse medo de se entregar e perder o controle? Por que desistira de mergulhar naquela paixão, no último momento, à beira do trampolim?

O texto fluiu.

Seus dedos tocaram as teclas e as palavras se materializaram, brotando de dentro dela, irrompendo como a água de uma nascente rasga o solo pedregoso. Ainda incipientes e frágeis, as palavras se acumularam em uma poça rasa, represadas pela lógica. Depois, conforme a emoção tomava conta e empurrava a razão para fora do caminho, o córrego tomou volume e escorreu pela montanha, escolhendo trilhas, se moldando às entranhas e reentrâncias, navegando entre as rochas de suas certezas e de suas dúvidas, entre os seixos de seus medos.

Luiza escreveu até que o córrego se transformar em torrente, atropelando questionamentos e expondo as artérias de seu coração, se abrindo em novos braços e criando novos leitos, alguns fluindo por dentro de territórios inexplorados, outros jorrando, em cascata, rumo ao oceano.

No fim da estrada, ela não subiu a montanha novamente. Não releu o texto, não o julgou, não avaliou se era bom ou ruim. Não importava. Só importava que estava escrito.

***

Uma família de cisnes flutuava no lago do Hyde Park. Os filhotes ainda mantinham a penugem cinza, fofa, dos bebês. Ao redor, patos de múltiplas cores grasnavam, mergulhavam, sacudiam penas cintilantes e impermeáveis. Pássaros pequenos e atrevidos sarandeavam pelo chão e pousavam nas mesas para beliscar restos de pão. Era sábado de manhã e as mesas externas do café estavam cheias de gente querendo aproveitar o dia ensolarado.

Luiza apreciava o céu claro da manhã. O frio havia estacionado em Londres, embora ainda não tivesse nevado. O sol aquecia ainda menos neste final de outono. Mas ela ergueu o rosto e fechou os olhos para aproveitar a luminosidade, os raios transformando suas pálpebras em uma cortina cor de laranja.

Ana Maria retornou, esfregando as mãos enluvadas, puxou ruidosamente a cadeira de ferro ao seu lado e se jogou nela. Ela vestia um casaco de náilon preto, parecido com o bege de Luiza, e um cachecol de lã roxo, que ela mesma tricotara, enrolado no pescoço. Um gorro de lã da mesma cor cobria seus cabelos curtos e avermelhados. Ela colocou a plaquinha com um número sobre a mesa, para que o atendente soubesse para quem entregar os *croissants* e chocolates quentes.

– Está entupido lá dentro, não tem mesa – ela falou, ao se sentar.
– Tem certeza de que você quer ficar aqui? Eu fiz o pedido, mas dá pra cancelar. A gente pode ir para outro café. Tá um frio dos infernos.

Luiza abriu os olhos, pontos de luz branca dançando em sua visão, e sorriu para a amiga.

– O sol está uma delícia – ela argumentou, querendo ficar onde estava. Também estava de casaco, cachecol, luvas e gorro, por causa do vento que baixava ainda mais a sensação térmica. Queria aproveitar aquela paisagem ao máximo. Não podia ficar muito tempo hoje, pois tinha de começar a separar as coisas que levaria para o Brasil. – Sabe lá até quando a gente vai ter dias assim.

Ana Maria recostou na cadeira e seu rosto, instintivamente, também se inclinou em direção ao sol.

– Você ainda está trabalhando na agência ou já parou? – perguntou, os olhos semicerrados para protegê-los da luz excessiva.

– Estou passando tudo para o rapaz que vai me substituir. Ele já cobriu as minhas férias e não precisa de muita supervisão.

– Você não vai levar tudo de uma vez pro Rio, vai? Só o excesso de bagagem...

– Não – Luiza falou. – Eu ainda tenho milhas e volto assim que encontrar um voo na baixa estação. Vou deixar a maior parte das minhas coisas no depósito que o Chico e o Tom alugaram. E venho para ajudar a despachar o resto das coisas deles para o Japão. Eles me deram um monte de coisas que não vão caber no apartamento de Tóquio, que é bem menor do que a casa aqui. Quase dá pra montar duas casas no Brasil com os móveis, as louças e a roupa de cama e banho que eles não querem mais.

– Eu sei, eles me ofereceram tanta coisa maneira... Mas se entrar um cabide no meu quarto aqui, eu tenho que sair. Você desistiu mesmo de tentar renovar o visto?

– Desisti, Ana. Não tem jeito. Ele só expira em março, mas prefiro ir logo. Não faz diferença ir em dezembro ou no final de fevereiro... E passo o Natal em casa, com a família, depois de quatro anos.

O atendente chegou com o pedido e colocou *croissants*, manteiga, geleia, mel e o chocolate quente sobre a mesa, com movimentos rápidos e apressados. Luiza e Ana Maria olharam para ele ao mesmo tempo mal tiveram tempo de agradecer.

Enquanto as duas davam um gole na bebida quente, Ana Maria se voltou de novo para Luiza.

– E o James?

O estômago de Luiza esquentou. E não foi por causa do chocolate.

– Ele terminou de filmar o longa, em Lisboa. Vi uma entrevista dele na televisão. Parece que recebeu uma proposta para protagonizar um filme badalado em Nova York. Mas, de resto, não sei... Não falo com ele desde aquele dia.

Ana Maria partiu o *croissant*, tão crocante que quase se desintegrou em sua mão.

– É, a hora dele chegou, amiga. Esse filme vai catapultar o James para o Olimpo. Ele vai colecionar indicações e premiações no mundo inteiro. Só tem fera no elenco e na equipe de produção. O longa de Lisboa já está cotadíssimo para os grandes festivais e ainda nem foi lançado.

Luiza sabia disso, pois a imprensa acompanhava os passos de James ainda mais de perto. Ele finalmente ia estourar. De alguma forma, Luiza ficou aliviada de não estar com ele. Sua presença só iria atrapalhar.

– Você não vai *mesmo* me contar o que aconteceu, né? – Ana Maria indagou, interrompendo seu devaneio.

Luiza suspirou e recostou na cadeira. A dor do rompimento ainda ecoava em seu peito, mas não a deixava mais anestesiada, incapaz de articular seus pensamentos, de falar.

– Eu disse coisas horríveis pra ele, Ana.

A amiga deu um riso seco.

– Faço ideia. Quando fica transtornada, você grita *"en guarde"* e parte para cima do outro com a espada em punho, pronta para esgrimir. O que foi que você disse?

Luiza riu da analogia perfeita. Ela deixava a racionalidade tomar a dianteira e "esgrimia", as palavras frias e cortantes como lâminas. O resultado eram lacerações profundas, que, às vezes, não fechavam nunca.

– Eu disse que ele era um garoto rico e mimado, que era um "sem noção" ridículo, que não sabia nada da vida...

Relembrar o tom sarcástico e de desprezo em sua própria voz a fez ficar com os olhos marejados. Se ainda doía *nela* se ouvir dizendo aquilo, ela fazia ideia de como ele deve ter se sentido.

Ana Maria a olhou de lado, séria, soprando a bebida e tomando um gole.

– Você acha isso dele? De verdade?

Luiza passou a mão no canto do olho antes que a lágrima caísse.

– Acho que ele é muito novo pra mim. Acho que a gente habita mundos incompatíveis.

– O que é incompatível? Ele ter grana ou ele ser mais novo do que você?

– Os dois. A gente não tinha como ficar junto, Ana – Luiza completou, controlando a emoção, se voltando para ela. – Como ia ser isso? Eu mal tenho tempo e forças para limpar a minha casa, imagina entrar em uma relação com um cara de vinte e poucos anos, que vai ficar famoso num piscar de olhos, cheio da grana, transbordando de energia? Eu não tenho como acompanhar o estilo de vida dele, nem o ritmo dele... Ele vive cercado de mulheres jovens, lindas, celebridades, gente milionária. O que ele vai fazer com uma velha brega que nem eu?

Ana Maria soltou uma gargalhada tão alta que fez as pessoas das outras mesas se voltarem para elas, e continuou rindo enquanto perguntava.

– Ele te chamou de "velha brega"?

Luiza revirou os olhos, forçada a rir com o riso da amiga.

– Claro que não, né? Imagina se o James ia dizer uma coisa dessas.

Ana assentiu com a cabeça, a expressão bem-humorada de quem conhece a amiga há tempo suficiente para ler nas entrelinhas.

– Quer dizer que, seguindo essa sua lógica maluca, você forçou a barra até obrigar *ele* a dar um pé na sua bunda. Que estratégia de sabotagem eficiente, né, amiga? – ela concluiu, irônica. – Convencer o cara que o melhor que ele faz é ficar *bem longe* de você.

Luiza ficou olhando para ela.

– Eu poupei a gente de ficar prolongando uma história que não tinha chance de dar certo.

– Quem disse? – Ana indagou, séria novamente.

– Ele disse. Desde o início, ele falou que não queria, nem podia, se comprometer com ninguém.

– Lógico, né, criatura? O casamento do James com a Katie terminou há pouco mais de um ano. É claro que ele não ia mergulhar em outro compromisso sério do dia pra noite. Quanto tempo vocês ficaram juntos? Um mês? Você não deu chance para a relação evoluir. E depois de ouvir que você é um "garoto rico e mimado", "ridículo", "sem noção", "que não sabe nada da vida"... Eu ia ficar surpresa se ele *quisesse* continuar com você.

– Você mesma disse que ele era "nascido e criado em berço de ouro" – Luiza interrompeu, irritada.

Ana Maria se torceu na cadeira para ficar de frente para Luiza, séria e ainda mais irritada.

— Eu nunca disse que ele era um "garoto mimado"! De onde você tirou isso? O James *rala* loucamente desde criança! A *família dele* tem dinheiro. E não tem nada a ver com a carreira que ele construiu!

— Ah, Ana, como não tem? Claro que ele saiu em vantagem, desde o começo! Quantos atores você conhece que podem escolher os papéis que querem fazer? Você vive dizendo que, às vezes, a gente tem de fazer papéis que não gosta, trabalhar com gente que não gosta, e pagar as contas no fim do mês!

— E você acha que o James só faz o que gosta?! Tá louca? Ele era adolescente quando começou a atuar e agarrava qualquer papel que aparecia. Ele trabalhou com tudo quanto foi tipo de profissional, inclusive gente casca grossa, egocêntrica, vaidosa. Por que você acha que ele é tão respeitado? Por que é rico e fica escolhendo no que quer atuar?! Não! Por que ele é *comprometido*! Me surpreende muito esse tipo de julgamento vindo de você!

Ana Maria não parou por aí.

— Aliás, minto. Não me surpreende nada. Você julga! Para se proteger, para se defender, que seja. Com você, a melhor defesa é o ataque.

Os olhos de Luiza transbordaram. Sem conseguir responder, ela desviou o olhar para o lago. Ana Maria suavizou o tom de voz e prosseguiu.

— É claro que o James tem um padrão de vida diferente do nosso. É pauleira conciliar isso sem sentir que, sei lá, você está abrindo mão dos seus princípios, da sua independência, de alguma forma. Eu só não acho que foi esse o verdadeiro obstáculo...

A família de cisnes havia se deslocado e não podia mais ser vista. Os patos seguiam grasnando, enquanto algumas crianças e famílias jogavam pedaços de pão na água para eles. Luiza acompanhou um pássaro pousar e ciscar as migalhas espalhadas pelo chão, em torno da mesa.

— Ele disse que eu estava com medo... — Luiza murmurou, os

olhos presos no movimento errático da ave, bicando aqui e acolá, selecionando o que era comestível. – Com medo de escrever...

Ao erguer os olhos para a amiga, as lágrimas rolaram, quentes. Ana se inclinou e colocou a mão no braço dela, sobre o casaco.

– Você está apavorada, amiga. E o medo te cega, não só como escritora. Você está apavorada por que se apaixonou loucamente pelo James... E encasquetou que ele nunca vai se apaixonar de verdade por você. Que um dia ele vai se dar conta de que está com uma "velha brega" e vai te largar pela primeira mulher que cruzar com ele no *set*.

Ana se recostou outra vez e deu outro gole no chocolate. Depois revirou os olhos e reclamou:

– Você vai me obrigar a dizer o maior *cliché* da história da humanidade, não é? Pois bem. Querida! *Newsflash*: amor é risco! De dar com a cara no chão, de ser traída, de sofrer, mas também de ser amada de volta, de ser feliz. Já te ocorreu que *você* pode ter deixado o James mega inseguro?

– Inseguro? – Luiza indagou. Aquela era uma ideia completamente absurda. – Como assim?

– Como assim? – Ana Maria indagou de volta, imitando o tom de voz da amiga. Depois, encheu um pedaço de *croissant* de manteiga e geleia, mordeu e ficou mastigando, olhando para ela, provocativa. – Pergunta pra ele.

***

Enquanto fazia listas e separava o que ia levar nas malas com ela e o que iria deixar no depósito, Luiza ponderava sobre as palavras de Ana Maria.

A amiga tinha razão. Às vezes, ela era injusta e cruel em seus julgamentos. Estava apavorada e seu medo a cegava. Mas não conseguia imaginar como *ela* poderia ter deixado James inseguro.

Luiza escolhera não correr riscos, ficar em sua zona de conforto, trilhar os caminhos cotidianos, navegar os problemas habituais, desviar dos obstáculos costumeiros. Sua vida era uma cidade cujas avenidas, ruas e becos ela conhecia de cor. Ela dominava a arte de estar só, de gerenciar sua vida sem interferências, de não precisar negociar escolhas com ninguém.

Estar com James era como estar em um labirinto. Era chegar em um país desconhecido, cuja língua ela não falava, o alfabeto eram símbolos ilegíveis e a cultura tinha códigos indecifráveis. Longe dele, sua racionalidade a fazia se sentir uma estrangeira. Perto dele, sua emoção era um mapa cuja cartografia era intuitiva e seu coração era a chave para decodificar os enigmas.

Luiza oscilava entre ser racional e se entregar. E ela sabia que precisava encontrar um ponto de equilíbrio. Mas também precisava pensar no que era melhor para os dois.

James investira anos em seu casamento, ainda tão jovem, e optara pela separação. Ele certamente não queria compromisso agora, à beira do estrelato. Era óbvio que não fazia sentido ele se ligar a alguém quando a vida lhe abria as portas da liberdade sem fronteiras. Ele tinha direito de viver sua juventude, vibrante e alegre, sem amarras. Luiza seria um peso, uma corrente, uma âncora.

Mas Luiza sentia uma profunda gratidão por James. Mesmo que não o visse nunca mais. Mesmo que ele continuasse ressentido com ela para o resto da vida.

Ela devia isso a ele: voltar a escrever.

O texto que escrevera aquela noite ainda estava no computador, intocado. Mas ela estabelecera um calendário para continuar escrevendo regularmente e seus textos haviam progredido.

Naquelas duas horas pré-determinadas, mesmo que não estivesse inspirada, mesmo que estivesse cansada, mesmo que precisasse dizer "não" a algum freela, ela escrevia. Naquelas duas horas, ela revisava antigos projetos, corrigia erros de digitação e escolhia palavras mais interessantes ou se aventurava em um parágrafo novo do livro que iniciara.

Ela parou de se autocensurar e de ser sua pior crítica. E contatou alguns colegas de cursos de escrita criativa que fizera em Londres: parceiros que viviam as mesmas inseguranças e dificuldades; colegas de ofício, que se dispunham a criticar seus textos de forma construtiva e a ajudavam a corrigir seu inglês.

Ela devia tudo isso a James.

Se não fosse o questionamento dele, ela teria continuado trabalhando como um trem se movendo na inércia. Teria encontrado formas de se manter ocupada. E acabaria sacrificando seu maior sonho.

Ninguém tem tempo para viver seu sonho. Tempo e realização não caem do colo de ninguém. Há que se abrir mão de alguma coisa e se criar tempo onde o tempo não existe. Há que se *construir* seu sonho. Cinco minutos por dia, uma hora por semana, um dia por mês. Sonhos só se concretizam quando optamos por arrancá-los de dentro de nós e materializá-los. Mas, se os sonhos têm seu preço, eles nunca são uma perda de tempo. E sempre, de alguma forma, eles valem a pena.

Luiza precisava dizer isso a James.

Ela voltou ao texto que escrevera por impulso, o releu e corrigiu, na forma e na gramática. Mas não censurou a emoção, não racionalizou as metáforas, não desdenhou das analogias. Deixou ali a verdade, exposta e vulnerável. E mandou para ele.

CAPÍTULO 8

James não respondeu ao e-mail, não mandou uma mensagem de texto, não telefonou.

No dia seguinte, Luiza entendeu por quê. Ao saltar do ônibus, de volta para casa depois do *happy hour* de despedida que haviam promovido para ela na agência literária, ela passou no supermercado para comprar uns poucos mantimentos. Só tinha três dias em Londres, pois a passagem de volta para o Brasil estava marcada para sábado. Portanto, parara de fazer compras que iriam acabar no lixo.

Os totens de autoatendimento estavam cheios e o rapaz que coordenava a fila a direcionou para um dos caixas. Depois de colocar a cesta na esteira, seu olhar foi atraído para uma das revistas que ficavam junto às pilhas, chicletes e bobagens em frente à fila para serem comprados por impulso. Na capa, em um canto, havia uma foto de James com o braço ao redor da cintura de uma moça. A chamada dizia: "James Drummond e Laura Dunbar, o casal escocês mais quente do momento": ele um ator em ascensão e ela uma cantora famosa. Ela era mais alta do que James, com músicas e olhos excepcionais. Ele estava sorrindo, olhando para algum lugar para além da câmera, vestindo um terno bem cortado.

Luiza não comprou a revista, nem a abriu para ler.

Ela passou as compras, pagou e se encaminhou para a saída. No caminho até a porta ficava o estande de flores. Ela não pôde ignorar o buquê de lírios abertos misturados a botões ainda verdes, num belo arranjo. Os lírios que James lhe dera haviam enfeitado a sala de seu apartamento por quase um mês. Ela nunca agradecera de verdade. E perdera sua chance. Ele já estava com outra pessoa.

Seu coração perdeu um compasso e se desencaixou do peito, perdido.

Ao seguir para casa, não sentiu o impulso de continuar andando e entrar na rua de James. Ela contornou a esquina e caminhou pelas calçadas silenciosas e tranquilas de Chelsea. Cada passo pesava, como se escalasse uma montanha íngreme. Cada passo marcava uma tristeza e uma certeza: *não era para ser*.

Chegou em casa e subiu as escadas que levavam à porta. As janelas da cozinha e da sala de estar estavam apagadas. Entrou na antessala igualmente escura e silenciosa. Os saltos baixos das botas ecoaram no piso de mármore, sublinhando ainda mais o vazio.

Era isso o que ela sentia. Um imenso vazio.

A porta de seu apartamento estava aberta; o interior, apagado e desprovido de tudo o que faz uma casa parecer um lar. Ela já empacotara os porta-retratos, livros e objetos da estante; já embalara a maior parte da louça e dos eletrodomésticos; já guardara as toalhas, os lençóis e as almofadas velhas que iriam para o depósito. As caixas estavam fechadas, devidamente marcadas com setas de "este lado para cima", devidamente legendadas com o conteúdo, devidamente numeradas. Ela tinha listas e listas do que estava em cada pacote, mala e caixa.

Luiza olhou em volta, sem acender a luz.

Tudo estava meticulosamente organizado, como todos os pedaços de sua vida.

Menos um.

***

Seus pés a conduziram à porta de James.

No caminho, argumentou consigo mesma que, se ele estivesse com a namorada, seria terrível. Ponderou que ele devia estar viajando ou em algum compromisso. Teve certeza de que ele nem sequer abriria a porta para ela. Mas seus pés seguiram em frente.

Nada importava. Precisava vê-lo antes de ir embora, pois sabia que, depois que embarcasse, não o veria nunca mais. Quando chegou, a casa estava escura. A luz da sala estava apagada. A da cozinha também. Mas ele não demorou a atender à campainha.

Luiza ficou olhando para ele, parada na porta. E ele ficou olhando para ela, segurando a maçaneta com uma das mãos e uma folha de papel na outra.

– *I was going to*... Eu ia... – ele murmurou, erguendo um pouco a folha, os olhos fixos no rosto dela.

Ela notou que os olhos dele estavam marejados. E ele pareceu tímido com isso, pois desviou o olhar para os próprios pés. Depois abriu mais a porta.

– Entra... – ele pediu.

Luiza continuou parada, o coração descompassado, os olhos úmidos como os dele. E fez "não" com a cabeça. Ao abrir a boca para dizer o que tinha vindo dizer, as lágrimas brotaram.

– Eu só vim te dizer que voltei a escrever... – murmurou, a voz embargada. – Eu escrevi isso... – ela fez um gesto em direção ao papel que ele segurava – ... e continuei escrevendo. Tenho feito isso todas as terças-feiras, quando chego do trabalho, por duas horas... graças a você.

Ele ficou ainda mais sério, emocionado, talvez. E tentou sorrir, mas seus olhos continuavam intensos, transbordando alguma emoção que ela não conseguia decifrar.

– É... fantástico – ele falou. E levantou a folha outra vez, só um pouco, para mostrar ao que se referia – *That's... amazing...* Está incrível.

As lágrimas caíram. Luiza queria dizer tanta coisa, mas a voz ficou presa na garganta.

Ele se voltou para dentro de casa e seguiu rumo à sala, descalço, a calça de moletom fazendo um ruído suave, as mangas do casaco cinza arregaçadas até o meio dos braços. Luiza ficou na porta, sem saber se deveria entrar ou não. James não a pressionou. Colocou o texto sobre a mesa de centro e se sentou na poltrona onde costumava ficar quando liam o roteiro juntos.

Luiza entrou, tirou o casaco, o pendurou no corrimão da escada. A única iluminação vinha da rua e atravessava a fresta de cortina, difusa, amarela. Ela mal podia distinguir as feições dele no escuro. Ela deu mais alguns passos e se sentou no canto do sofá.

– Me perdoa... – ela sussurrou, com um fio de voz.

Mesmo sem poder vê-lo direito, Luiza sentia os olhos dele pregados no papel sobre a mesa. De alguma forma, a ausência de luz a ajudou a falar o que precisava dizer, antes de sair da vida dele para sempre.

– Eu sei que está com outra pessoa – ela falou, sem cobrança. – Estou voltando para o Brasil. Então, eu tinha que vir... te agradecer. E te dizer que fui injusta com você. Você não merece o que eu disse.

James se inclinou para frente, apoiou os cotovelos nos joelhos, e entrelaçou os dedos.

– *I'm not...* – ele disse, baixo, olhando para as próprias mãos. – Eu não estou com ninguém... O que você escreveu... é o que você sente... por mim?

Luiza se inclinou para frente também, os olhos fixos nas mãos dele.

– É.

Os dois ficaram calados, mergulhados na quietude, nas sombras da sala.

– O que você quer, Luiza... de verdade... – ele indagou, de repente, tão baixo que sua voz quase se perdeu no silêncio.

Ela refletiu por um momento, cheia de dúvidas.

Ela queria tantas coisas... O desejo de não magoá-lo mais era mais forte do que a vontade de lhe dizer a mais absoluta verdade. E ela questionou essa verdade. Questionou se tinha coragem de enfrentar as consequências dessa verdade. Questionou o que era pior: perdê-lo agora, quando já estava conformada em abrir mão dele; ou perdê-lo em algum ponto ao longo da estrada. Ela queria ser honesta, consigo mesma e com ele, mas não tinha certeza se isso seria o melhor para os dois.

James não a pressionou. Ele se levantou, sem dizer nada, e caminhou até a janela. Ficou ali parado, as mãos nos bolsos da calça, olhando para a rua vazia pela fresta da cortina. Luiza relembrou o dia que fizeram a primeira leitura do roteiro, das dúvidas do personagem que James encarnara e o que ela pensara, ao vê-lo parado na janela, daquele mesmo jeito.

E se lembrou da sensação física, da dor irracional que sentira, e que não era dela, mas da personagem. Lembrou quando ele aproximou a mão e tocou seu rosto, ainda atuando, e quando sua boca quase tocou seus lábios. E se lembrou dele dizendo: "*I love you, but I can't...*" e o quão devastadoras aquelas palavras soaram, vindas da boca dele.

Luiza queria dizer a ele exatamente estas palavras: "*Eu te amo, mas não posso...*"

A palavra "amor" se materializou em seus pensamentos sem que pudesse impedir e ficou ressoando no escuro da noite. Como ela podia pensar em "amor"? Amor era uma idealização fadada ao sofrimento; uma fantasia incompatível com a realidade.

Não. Amor era a base de uma construção árdua. Era uma parceria reconquistada a cada dia.

– Eu quero você... – ela sussurrou.

E era a verdade.

James abaixou a cabeça e olhou para os próprios pés. Ficou assim, calado, os olhos baixos, imóvel. Luiza se sentiu suspensa no ar, na iminência da queda, pairando no vácuo para o qual saltara, sem respostas, sem certezas, sem chão.

– Eu sei que... – ela começou a dizer, o choro contido embargando suas palavras, o peito estrangulado, as mãos frias agarradas uma na outra.

Sem dizer nada, James se aproximou, os passos inaudíveis de um gato, e se sentou na mesa de centro, de frente para ela. Suas pernas se entrelaçaram e ele chegou tão perto que suas faces se tocaram.

– *No, you don't know* – ele falou, suave, em seu ouvido. – Você não sabe... não faz ideia...

Luiza reclinou a cabeça e sentiu seu calor, seu cheiro, a textura macia do cabelo, os pelos da barba nascente roçando em sua pele.

– Você não sabe o quanto eu te quero... – ele murmurou.

Ela recuou para olhar nos olhos dele. Ele recuou também e acariciou seu pescoço.

– Você não sabe como eu *teve* medo... – ele prosseguiu.

– Medo? – ela sussurrou, com um resquício de voz.

– *I was terrified*. Por que uma mulher como você ia querer ficar comigo? Você é tão segura. Você luta contra *tantos*... tantas dificuldades e vence. O que eu tenho que é bom pra você? Nada. A minha vida sempre foi mais fácil. Eu luto, mas é diferente. Eu sei que sou... *privileged*. E você é forte. É inteligente. E conquistou tantas coisas...

Ela colocou as duas mãos no rosto dele e o beijou de leve, para silenciá-lo. Não, era ela quem devia desculpas. Ela tinha sido injusta e teimosa. Ela tinha colocado tudo a perder.

James a beijou de volta, com intensidade e firmeza. O gosto das lágrimas dele se misturou ao beijo. Quando se afastaram, ela ia dizer algo, mas ele pousou os dedos sobre os lábios úmidos dela.

– Quando li o texto... Eu ia ligar, ia *escreve* de volta. Queria ir na sua casa e dizer que você é a mulher mais incrível que eu conheço. Mas era pouco. Era nada *em frente* do que você escreveu... E eu não sabia... se você me quer como eu quero você.

– Eu te quero muito – ela disse, próximo aos lábios dele.

Ele se levantou, estendeu a mão para ela e os dois subiram as escadas, de mãos dadas, em silêncio.

***

A manhã estava cinza e fria. A neve havia se acumulado no parapeito da janela, formando uma almofada branca, lisa. Os galhos das árvores do jardim privativo, em frente à casa, equilibravam os flocos que haviam guardado para si e impedido de se empilharem na grama.

Luiza nem sequer percebera que havia nevado durante a noite. Nos braços de James, o mundo lá fora deixava de existir. Eles haviam submergido um no outro, seus corpos recitando movimentos já decorados, reaprendendo novos caminhos, em uma sintonia mais apurada e mais profunda. E, nesse encontro, as diferenças entre eles se desintegraram, insignificantes.

Ela o observava dormir. O cabelo preto espalhado no travesseiro, os pelos da barba mais claros, avermelhados e tenros. De bruços, o corpo dele, relaxado e entregue, mantinha a firmeza das formas. O contorno dos músculos do braço, as ondulações dos ombros e o vale sinuoso da coluna, que terminava nas covinhas que a deixavam molhada só de ver. O lençol cobria o resto e Luiza voltou a observar o rosto tranquilo dele, os lábios vermelhos, e as sardas que se revelavam nas faces e no nariz, à luz do dia.

Como se pressentisse que estava sendo observado, James se moveu. Ele virou o rosto, esfregando-o no travesseiro, e apertou os olhos, sonolento. O vinco na testa surgiu, por um momento. Depois, ele estendeu a mão quente e segurou o braço de Luiza.

– *For a moment*... Por um momento, eu achei que você não estava... – ele murmurou, cheio de sono. Depois sorriu, os olhos voltando a brilhar. – Bom dia.

Luiza se ergueu no cotovelo, de lado, apoiando a cabeça. Ele havia movido a perna e o lençol escorregara, revelando um pouco mais do que havia para além das covinhas.

– Bom dia... – ela murmurou, sorrindo de volta.

James estendeu a mão para colocar uma mecha de cabelos para trás da orelha dela. Ficou explorando seu rosto e seu corpo com os olhos, da mesma forma como ela o fizera. Depois, se ergueu um pouco para beijá-la.

Ela se deixou ficar no beijo, envolvida na textura macia dos lençóis, na rigidez dos músculos sob a pele macia dele, sentindo o ar frio que se infiltrava entre as frestas do edredom enquanto se moviam. James a envolveu com carinho, mas não avançou.

– Você disse que volta para o Brasil...

Luiza se afastou um pouco. O coração se contorceu, dolorosamente. Depois, ela deitou a cabeça no peito dele. Podia ouvir a pulsação, o ritmo, a força.

– Quando? – ele indagou, passando os braços em volta dela.

– Sábado – ela disse, passando a ponta dos dedos nos olhos para enxugar as lágrimas que emergiram, súbitas e involuntárias.

James a apertou, sem perceber.

– Por quê?

Ela respondeu sem se mover, sem olhar para ele.

– Meu visto expira em março. Eu não tenho como renovar. Não faz sentido ficar aqui no Natal, sozinha.

James fez um movimento para se sentar, obrigando Luiza a fazer o mesmo. Ele ficou recostado nos travesseiros, virado para ela, que também se sentou. Os olhos dele se perderam, pensativos.

– Não tem como... – ela antecipou, sabendo que ele devia estar vasculhando o cérebro em busca de opções para ela renovar o visto de permanência. – Eu já pensei em tudo. Não tem como.

Ele recolheu as pernas junto ao peito, sob os lençóis, e apoiou os braços nos joelhos.

– Vem comigo para Nova York.

Luiza riu e revirou os olhos, de brincadeira.

– Ah claro...

– *I mean it* – ele disse, a expressão resoluta acentuada pelas sobrancelhas unidas. – Eu falo sério. Você tem visto para os Estados Unidos?

– Tenho – ela falou, ainda sem considerar aquela opção como viável. Ela precisara ir à Califórnia como assistente de Chico algumas vezes, quando trabalhava para o casal. – E você vai estar trabalhando.
Ele deu os ombros.
– *So*? E qual o problema?
Luiza sentiu um frio no estômago que já sentira antes. Todas as razões pelas quais não podia ir para Nova York com James se empilharam em sua mente. Levemente impaciente, ela o encarou.
– Você quer que eu faça uma lista de todos os "problemas"?
Ele sorriu, desafiador.
– Quero. – E cruzou os braços, esperando ela começar.
Aquilo era mais do que um desafio de retórica. Aquilo era uma forma de Luiza confrontar tudo o que a levara a dizer "não" àquele relacionamento. Tudo em sua lista era impossível, sobretudo a questão financeira. E James parecia saber disso, intuitivamente.
– *If you really want me*, Luiza... – ele falou, leve, mas com firmeza. – Se quer ficar comigo, você tem que *ter* tudo o que eu sou: mais novo, com dinheiro, sem noção...
Ela foi obrigada a rir do "sem noção", mas a ideia de a relação deles nunca poder estar em igualdade de condições a incomodava muito.
– É fácil pra você dizer isso – ela retrucou, novamente séria, mas sem recriminação.
– *Yes*. Pagar contas é fácil pra mim, mas não é o que importa. Você não depende de mim. Não depende de ninguém. *You are your own person*...
De fato, ela era *"her own person"*, uma mulher em controle de sua vida, senhora de seu destino, independente, autossuficiente.
– James... Não é tão simples.
– Você não pode sempre dizer "não" para mim – ele falou, chegando mais perto. – Eu vou trabalhar e você fica comigo, passeia, escreve, descansa. São dois meses. A gente fica junto, se conhece mais, conversa, faz amor. Se você quiser, a gente passa o Natal no Brasil. Eu só não quero ficar longe de você de novo, Luiza.

Ela ficou olhando para ele, sem responder. Ele decodificou o silêncio dela com precisão:

– Eu te quero como você é. Você decide se fica comigo como eu sou. *It's that simple*.

Luiza se sentiu de novo à beira do trampolim, prestes a dar um salto no ar. Ela se aproximou mais, acariciou o rosto dele, tornou a olhar em seus olhos. Mesmo com medo, mesmo sem saber se o salto a faria ascender ou despencar, ela o beijou e disse:

– Sim.

Impressão e acabamento
Gráfica Oceano